書けない戯《げ》作《さく》者《しゃ》は春しなむ

一

空には白い入道雲が浮かんでいる。

夏の日差しはかっと照りつけて、まぶしいほどだ。木立の蟬は朝から元気いっぱいで、大きな声で鳴いている。

夏真っ盛り。

日本橋の浮世小路《うきよこうじ》にある菓子屋、二十一屋《にじゅういちや》は今日もお客さんで大にぎわいだ。

店名は、菓子屋《くわしや》（九四八）だから足して二十一という洒落《しゃれ》で、のれんに牡丹《ぼたん》の花を白く染めぬいているので牡丹堂と呼ぶ人もいる。豆大福から風流な茶席菓子まで扱い、味と姿の美しさには定評がある。見世《みせ》で売るほかに、茶会や婚礼の注文があり、山野辺《やまのべ》藩にもお出入りを許されたので毎日とても忙しい。

そこで働く小萩《こはぎ》はつきたてのお餅のようなふっくらとした頬に黒い瞳、小さな丸い鼻。美人ではないが愛らしい顔立ちの十八歳の娘である。

江戸の菓子に憧れ、自分でもつくれるようになりたいと鎌倉のはずれの村からやって来て三年目。少しずつ菓子を習い、職人とはひと味違う、小萩ならではの菓子ができるようになった。もちろん見世のみんなの協力があってのことだが、小萩は小萩だけの道を歩き出している。

夏の初め、二十一屋に少し変化があった。

旦那の弥兵衛《やへえ》とおかみのお福《ふく》が室町《むろまち》に小さな家を借りて、そちらに移ったのだ。親方の徹次《てつじ》が名実ともに二十一屋の主人となり、十六歳の一人息子の幹太《かんた》、職人の留助《とめすけ》と伊佐《いさ》とともに仕事場を回す。見世の方は小萩だけでは回らないので、お福が毎日通いでやってくる。掃除や食事の支度など家の仕事は須美《すみ》に頼んだ。須美は川上屋《かわかみや》のお景《けい》の紹介で来た人で、離れて暮らす男の子がいる。てきぱきと何事も手早い須美がいてくれると大助かりだ。

弥兵衛だけは相変わらず、釣りだ将棋だとのんきに暮らしている。

その日、徹次はなにか大きな包みを抱えて牡丹堂に戻って来た。

「おい、小萩。出てこい。見せたいものがある」

呼ばれて小萩が出て行くと、徹次は包みをほどいた。

中から大きな木の看板が出てきた。

「えっ、これは……」

小萩は目を見開いた。

太い墨文字で黒々と

菓子調製処　小萩庵　ひとつからご注文をお受けします

と書いてある。

「前々から考えていたんだ。小萩を名指しした注文も増えてきた。ここらで看板を出したほうが、仕事がやりやすいだろう。もちろん今まで通り相談にのるし、数がまとまれば手伝う。いいものができたら、見世の定番になることもある。だから片手間じゃなくて、腰を据えて、本気で取り組むんだぞ」

徹次が厳しい顔で言った。

気配がして振り向くと、いつの間にかお福に須美、仕事場から幹太と留助と伊佐、それに弥兵衛までが集まって、笑みを浮かべている。

「立派な看板ねぇ」

須美が感心して言った。

「すげぇな。小萩庵だってさ」

幹太は隙あれば小萩をからかいたいという顔付きをしている。

「頑張れよ。応援するからな」

伊佐が続ける。

「牡丹堂と小萩庵か、語呂もいいねぇ」

留助がうなずく。

「よかったね、小萩。あんたは自分の看板を持ったんだよ。注文の人が来たらいろいろ相談しなくちゃならないだろ。そのときは奥の座敷を使っていいからね」

お福が言う。奥の三畳はみんなが「おかみさんの大奥」と呼んでいる部屋で、親しいお客が来て、お福とよもやま話をしていった。

「おお、これでお前さんも一人前だなぁ」

弥兵衛が手をたたく。

看板はよく見えるように入り口の脇にかけた。

小萩は晴れがましい気持ちで看板を眺めた。

そうか。

きっとみんなは看板のことを前から知っていたのだ。だが、小萩を驚かそうと黙っていた。そんな風に応援してくれている。うれしくて胸が詰まった。

「みなさん、ありがとうございます。これから看板に恥じないように一生懸命やっていきます」

小萩は頭を下げた。


翌日、さっそく小萩庵をたずねて来た男がいた。

「こちらに小萩さんという方はいらっしゃいますか？　山野辺藩の杉崎《すぎさき》様のご紹介でまいりました。お菓子をお願いしたく存じます」

杉崎主税《ちから》は牡丹堂によくやって来る武士である。留守居役という重職にあるそうだが、見世に来るときは藍色の古びた着物で、髷《まげ》が横を向いているから、とてもそんな偉いお侍には見えない。その杉崎の紹介とは、どのような用件か。

小萩はもう一度、男をながめた。

町人髷を結った上背のある中年の男だった。面長で細い目ののっぺりとした顔で表情がうかがえない。遠目には無地に見える濃い茶の着物は近くで見るとごく細い縞が入っていて、羽織の紐は金茶だ。なかなかの洒落者と見た。

「小萩は私ですが」

「あなたが……。お若い女の方と聞いてきましたが、なるほど左様で」

男も小萩を値踏みするように、頭から足元までじろりと目でながめて言った。

小萩は「おかみさんの大奥」である奥の座敷に案内した。

「ご注文の内容をお聞かせ願えませんでしょうか」

小萩はたずねた。

「ある男が医者に煙草《たばこ》を止められておりましてね、その口淋しさを紛らわす菓子をお願いしたい」

男は歌舞伎小屋の市村座《いちむら》の小屋主、市村宗司《そうじ》と名乗った。十日後に『花の大江戸夏祭り』と銘打って興行を打つ。だが、肝心の芝居の台本がまだできあがらない。

「恋川《こいかわ》さざ波《なみ》という戯作者に頼んでいるのですが、その男が煙草がないと頭が回らない。台本が書けないと、こうぬかすのですよ」

須美が運んできたお茶をひと息に飲むと、市村は顔をしかめた。

「恋川は少々癖の強い男ですが、売れっ子でね。面白い本を書く。座長の仲屋竹也《なかやたけや》も大乗り気で待っている」

仲屋竹也の名前は歌舞伎通でない小萩もよく知っている。市村座の看板役者で勇壮な武者役も、涙をしぼる人情物も、こっけいな三枚目も、とにかく何をやらせても一流だ。

「どんなにいい役者でも、台本がなければ動けない。台詞《せりふ》を覚えて動きを合わせ、衣装や道具も用意するとなると、十日は必要だ。いや、もうぎりぎり、尻に火がついている。困って杉崎様に相談をしたら、こちらを紹介されたという訳だ」

つまり、依頼は「口淋しさを紛らわす菓子」ではなく、「台本を書く気にさせる菓子」である。市村はいらいらと膝をゆすった。

「それは……、なかなか難しいご依頼ですね」

小萩は思わずうつむいた。

「なんとか力を貸してください。菓子代はもちろん、台本が整いました折にはそれなりのお礼もご用意いたします」

急に言葉遣いがていねいになった。

「はい……」

「藁《わら》にもすがる思いでやってきました」

藁にされてしまった。

細い目が必死に訴えている。

看板をあげて最初のお客である。

しかも、あの杉崎の紹介だ。

「なんとか考えてみます。少々、お時間をくださいませ」

小萩はていねいに頭を下げた。


とにもかくにも、その恋川さざ波という戯作者に会わないことには話ははじまらない。

小萩は恋川の家をたずねた。

家は神田川の近くにあった。家のまわりには夏草が生い茂り、建物は相当に古い。

「ごめんください」

何度か入り口で声をかけると、奥から浴衣《ゆかた》姿の太った中年男が出て来た。まぶたの厚い肉が垂れ下がって眼球が隠れている。頰にはたくさん吹き出物があった。

「あの……、こちらは戯作者の恋川様のお宅でしょうか」

小萩はたずねた。

「そうだよ。俺が、恋川。何か、用?」

横柄《おうへい》な態度で答えた。

恋川という名前から、整った役者顔の身ぎれいな男を想像していた小萩はびっくりした。

「市村座の市村様のご依頼でお菓子をご用意させていただくことになりました。日本橋浮世小路の小萩庵の小萩です。こちらはご挨拶代わりでございます」

小萩ははじめて小萩庵と名乗った。緊張で顔が赤くなる。手渡した小箱の中身は赤や黄、青の色とりどりの丸い飴《あめ》だ。

恋川はその場で箱を開けると、「なんだ、飴かぁ」とつぶやきながら、太い指で三つ、四つつかむと口に放り込んだ。

「それで、市村は何て言ってた？　早く台本を書けってか？　だからさ、のどが痛くて煙草を医者に止められているんだよ。だけど、俺は煙草を吸わないと頭が働かないの。本が書けないんだよ」

——書けないのは、煙草のせいじゃなくて、自分のせいじゃないのか。

心の声のつもりだったが、顔に出ていたらしい。

「あん？　なんだって？」

恋川がたずねた。勘の鋭い男である。

「いえ。あの、少しお話を聞かせていただけませんか？」

「なんで？」

「ですから、お菓子をご用意するので、どんなものがご希望かご相談をさせていただきたく……」

玄関に立つと奥の部屋までずっと見わたせる。仕事場に使っているらしい座敷には書きかけの紙や開いた本などが散らばっている。その向こうは襖が半分開いていて敷きっぱなしの布団が見えた。外から眺めたときは結構広い家に見えた。ほかにも部屋があるはずだが、それはどうなっているのだろう。

「だめだよ。俺、忙しいんだもん。台本を書かなくちゃなんないんだ。あと、十日で芝居の幕が開くの。必ず書きますって約束して、金をもらった。その金も、もう、ない。芝居の幕があがらなかったら、小屋主は大損、大恥。役者さんたちも怒り心頭。ごめんなさいじゃすまない。だから、書くしかないの。ほんと、忙しいんだよ。大変なんだ」

「ですから、そのことで市村様からご依頼がありました。煙草を吸えなくて困っていらっしゃる恋川様のために、筆の進むような菓子をつくってほしいとのご注文です。どういう菓子がいいのか、ご相談させてくださいませんか」

小萩は背筋をのばし、精一杯愛想よく言った。

「まぁ、そうだねぇ。ちょっとの間だったらいいよ」

恋川は渋々というかんじで小萩を家にあげた。

仕事場らしい部屋に行き、散らかった紙と本を片付けて、二人が座る場所を作った。部屋の隅から薄汚れた座布団を見つけてそれを小萩の前においた。

「どうぞ」

うながされて小萩はそこに座った。

「えっと、今は煙草をやめていらっしゃるんですよね。それで、煙草を吸わないと頭が回らないそうで」

「そうだよ。煙草を吸うと頭がすっきりとして、いろいろ知恵が浮かぶんだ。あ、だけど咳止めの飴なんか持ってきてもだめだよ。台本を書くっていうのはとっても繊細な仕事なんだ。孤独の中で自分を見つめるんだからね。のんきにあんこ煉《ね》っている菓子屋とは違うんだ」

ずいぶん失礼な言い方である。小萩はむっとした。

「怒った？　あれ、怒った？　ははは」

恋川は手をたたいて喜んだ。

急に横を向くと、頬杖をついて物思いにふける様子になった。

「今の俺の気持ちはさ、『願はくば花の下にて春しなむ　そのきさらぎの望月《もちづき》のころ』っていう心境だね」

恋川はどこかで聞いたことのある和歌をつぶやいた。

「なんだ、知らないのか。だめだねぇ。これは西行《さいぎょう》の歌だよ。『できることならきさらぎのころ、桜の花の咲く木の下で死にたい』って意味だ。孤独な男の心情だね。そこのところが分からなかったらさ、俺の心に響く菓子なんかつくれないよ。そこいらの道を歩いている、嬢ちゃん、坊ちゃんが喜ぶ菓子ならつくれるよ。そんなの簡単だよ。甘くてさ、やわらかくて、そういうやつでいいんだ。だけど、俺はそうじゃない。もっと、こう、なんていうか……」

突然話をやめて、「ふうっ」と大きなため息をついた。

「苦しいんだ」

「はあ」

「書かないんじゃないよ。書けないんだよ。だって、もうなあんにも浮かばないんだよ。最後の一滴まで絞って、からっからになっちまった。のどが痛くなるほど煙草を吸っても、だめなんだ。夢でも見ないかと思うけど、それもない」

頭を抱えてしまった。

「今の心境はあれだな。『嘆けとて月やはものを思はする　かこち顔なるわが涙かな』」

「やっぱり西行ですか」

「そうだよ。嘆けと言って月が私に物思いさせるのだろうか。いやいや、月のせいにして涙があふれてくるんですよ、というような意味だね」

「……そうですか」

からからになってしまったというのは、どうやら本当らしい。

「そうか。それで市村の奴、あんたを送ってきたのか。最後の手段が菓子ってことか。まいったな」

恋川は座りなおした。

「よし、分かった。俺からも頼む。羊羹《ようかん》でも、饅頭《まんじゅう》でも、何でもいい。面白い本が書ける菓子ってやつをひとつ、なんとか用意してくれ」

深々と頭を下げた。


小萩は恋川の家を出ると、大きなため息をついた。

どうやら大変なことを引き受けてしまったらしい。

面白い台本を書く気にさせる菓子とはいかなるものか。

もう少し手掛かりがほしい。

恋川はどんな戯作が得意なのかを確かめに市村座に行った。市村座へは差し入れの菓子を届けるので何度も出入りしている。

あいにくと市村は出かけていて留守だった。

向こうから仲屋竹也の末の息子の仲屋小太郎《こたろう》がやって来た。以前、稽古場を見せてもらったとき、竹也は小太郎にきびしく稽古をつけていた。

「すみません。ちょっとものをおたずねいたします。戯作者の恋川さざ波さんのことを教えていただきたいのですが」

「ふーん。恋川の何を聞きたいの？」

小太郎はたずねた。

「なんでもいいんです。好きな食べ物とか、いつもどんな風にお芝居を書いていらっしゃるのかとか」

「ああ。昼間は大体寝ているよ。起きると、ちょこちょこっと台本を書いて、それで夜になると酒を飲みに行く」

「好きな食べ物とかは」

「なんでも食べるんじゃないのかい？　あれ、ひょっとして、菓子で恋川先生に台本を書かせるってのは、あんたのこと？　若いのに、すごいねぇ」

小太郎はしげしげと小萩を眺めた。

「お耳に入っているんですか？」

「知っているよぉ。あの杉崎様が大丈夫って太鼓判を押したんだよ」

一体、杉崎は何と言って小萩を売り込んでくれたのだろう。看板をあげた最初の仕事としては少々荷が重い。

「じゃあさ、俺のためにひとつ頼まれてくれるか？」

「何をですか？」

「俺の役のことなんだけどさ、親父《おやじ》は朝顔仙平《あさがおせんぺい》とかさ、そういうしょぼい役ばっかりふるんだよ」

朝顔仙平は『助六由縁江戸桜《すけろくゆかりのえどざくら》』に出てくる三枚目だ。威勢よく出てくるが、主役の助六にこっぴどくやられてしまう。

「以前、小太郎さんがお稽古しているところを拝見しましたけど、朝顔仙平は見せ場のあるいい役じゃないですか」

小萩は小太郎が何を言い出すのかだいたい分かったので、少し持ち上げた。

「あれ。俺の芝居を見てくれた？　そうか。そうか。うん、そうだね。たしかに見せ場はある。だけどさ、三枚目だよ。それに痛いんだよ」

助六に足をすくわれ、背中から落ちるのである。

「だから、恋川さんに今回は派手な立ち回りのある二枚目の役をつくってほしいんだ」

「一応、お伝えしておきます」

小萩は言葉を選んで慎重に答えた。

「台詞なんか一日あれば頭に入っちまうんだ。あわてず、ゆっくり考えてもらっていいから。その代わり、やって来る敵をバッタバッタと斬り倒し、大見得をきる、そういう役を考えてほしいって伝えてくれ」

それだけ言うと、小太郎は肩をゆすって行ってしまった。

調子のいい奴である。

帰ろうとすると、また、声をかけられた。

「ちょいと、ねえさん」

少しかすれた、つやのある声である。振り返ると男にしてはなで肩のほっそりした姿があった。整ったきれいな顔に似合わない大きなあごをしている。

人気女形《おんながた》の仲屋咲五郎《さくごろう》である。

「お前さんだね、恋川に台本を書かせるって人は」

「はい。日本橋浮世小路の小萩庵、小萩と申します」

小萩は頭を下げた。

どうやらすでに市村座の全員に広まっているらしい。

「ちょうどよいところで会った」

咲五郎は芝居がかった言い回しで嫣然《えんぜん》と笑った。

以前、小萩は一度だけ咲五郎の芝居を見たことがある。そのときは世の中にこんなにきれいな女の人がいるのかと驚いた。今、目の前の咲五郎は化粧を落とし、男に戻っている。だが、目元や首筋のあたりにはまだ女の気配が漂う。
男だけれど女なのだ。その妖《あや》しさに、小萩は胸がどきどきしてきた。
「あたしは心中物がやりたいんだよ。好き合った二人だけれど、この世では結ばれない。手に手をとって逃げだした。
『この世のなごり　夜もなごり
死にに行く身をたとふれば
あだしが原の道の霜、
一足づゝに消えてゆく』
これは近松門左衛門の『曽根崎心中』。ね、いいだろう。こういう台詞を言ってみたいよ。そう恋川に言っとくれ」
小萩も咲五郎の演じる心中物を見てみたい。
きっと悲しくて美しいことだろう。
しかし、あの様子で恋川は書けるのだろうか。
小萩はどんな菓子をつくればいいのか。

「恋川様にお伝えいたします」

自信がないので小さな声になった。

「じゃあ、よろしく頼むね」

咲五郎は立ち去った。

「すみません。少し、よろしいでしょうか」

また、だれかに声をかけられた。

地味な形《なり》をした若者である。どうやら役者ではないらしい。

「私は恋川先生の下で戯作見習いをしている者です。先生の筆はまだ進まないのでしょうか」

「ええ。だいぶ苦労されているようです」

「じつは、ここに私が考えた筋立てがあります。先生のお作とは比べ物になりませんが、火急の際です。何かのお役に立てばと思いましてお持ちしました。先生に直接お渡ししようかとも考えたのですが、まだまだ未熟者ですゆえ……」

頰を染めた。

やっと恋川の力になりそうな男が出て来た。

「主人公は西行法師です。先生はつねづね、西行法師の生き方は男の理想だとおっしゃっています。お読みになれば力が湧くかと」

「はい」

「どうぞ、先生によろしくおっしゃってください。あの……、もし、こちらを使っていただくようなことがあれば、今後は見習いではなく助手ということにしていただきたく……」

「一応、お預かりします」

小萩は紙の束を受け取って外に出た。

なんだか、すっかり疲れてしまった。


日本橋の通りをぶらぶらと歩いていたら、柳の木の脇に杉崎がいた。

藍色の古びた着物、髷が横を向いている。年中日焼けしているような黒い顔で二重瞼《ふたえまぶた》の大きな目は少し飛び出し、口が大きいところが魚のはぜを思わせる。

いつものように道端で買ったばかりの菓子をむしゃむしゃと食べている。

「いやあ、小萩さん。とうとう看板をあげましたね。おめでとうございます。これからますますのご活躍を期待していますよ」

杉崎は白い歯を見せてのんきな様子で言った。

「早速にお客様をご紹介いただきまして、ありがとうございます。お引き立て感謝いたします」

礼を言ったつもりだったが、つい声がよそよそしくなってしまった。

「どうですか？　面白い依頼でしょ。小萩さんにぴったりだと思いました」

杉崎はくったくのない様子で答えた。

「難しすぎますよ。『口淋しさを紛らわす菓子』というだけでよいのかと思ったら『書けない戯作者に台本を書く気にさせる菓子』という注文じゃないですか」

「ははは」

杉崎は楽しそうに笑った。

「そういう注文を受けてくれる見世は江戸中探してもほかにない。そこに小萩庵の進む道がある。そう思いませんか？」

思いがけない言葉に小萩は目をしばたたかせた。

「ふつうの菓子ならふつうの菓子屋で売っている。ふつうでない注文を受けて、ふつうでない菓子をつくるから小萩庵なんですよ」

おいしい見世、有名な見世、歴史のある見世。江戸にはそういう見世がたくさんある。

小萩が自分の看板をあげるなら、それとは違う道を探さなくてはならないのだ。

「それで、その戯作者は何が足りなくて書けないんですか？」

もぐもぐと口を動かしながらたずねてきた。

「煙草……、いえ、そうじゃなくて。最後の一滴まで絞ってからからになってしまったんだそうです」

「そうか。じゃあ、たっぷりと注いであげればいいんですね。その何かを」

最後の一口を口に入れると、杉崎はパンパンと手をたたいて粉をはらい、軽く一礼して去っていった。

一体、何が足りないのだろう。

小萩は首を傾《かし》げた。

その何かを菓子にして恋川に贈れば、台本が書けるのだ。

二

牡丹堂に戻ると、仕事場が騒がしかった。

徹次に幹太、留助に伊佐が集まっていた。

以前、職人を頼んだ口入屋《くちいれや》が少年を連れて来たのである。

「先日はお役に立てなくて申し訳なかったですねぇ。こちらもいろいろ心掛けてはいたんですけどね、お宅は注文が難しくてねぇ。で、この子なんですけどね」

口入屋の手代は脇の少年を見た。

「甲州の菓子屋に二年ほどいたんですけど、その菓子屋が店を閉めたんですよ。それで、兄弟子たちといっしょに江戸に来た。そっちはみんなすぐに行く場所が決まったんだけど、この子だけはまだ決まらなくてね」

口入屋は「てへへ」というように首筋をかいた。

「いくつなんだ」

徹次が渋い顔でたずねた。

「十二です」

「うちはすぐ使える人が欲しかったんだけどな」

「いや、そこそこはできますよ。菓子屋に二年いたんだから」

口入屋は言葉を強める。

子供は顔を赤くしてうつむいた。

子犬か子うさぎを思わせる、つぶらな目をしていた。だが、十二にしては体が小さい。着ている夏の着物はぺらぺらとした薄い生地で、何度も染め直したので藍とも緑とも茶とも分からない色になり、袖も裾もすりきれている。着物の袖から伸びた腕はやせて細く、はだしの足は泥だらけだ。転んだのか、膝小僧にかさぶたができていた。

　こんなに体が細くては重い物は持てないだろう。二年ほど菓子屋にいたといっても、菓子に触らせてもらえたかどうか。洗い物と掃除だけだったのではなかろうか。

「どうしたんだい？」

　おかみのお福が顔を出した。

　手伝いの須美もいっしょである。

「いや、口入屋さんがこの子を使ってくれないかって連れて来たんですよ」

　徹次が答えた。

「まあ。こんなに小さくて？」

　須美の目が子供に吸い寄せられた。離れて暮らす幼い息子のことを思ったに違いない。

「ずいぶんやせているねぇ。あんた、お腹空いているんじゃないのかい？」

　お福も手を差し伸べた。

　子供は困ったように口入屋の顔を見上げた。

「いやあ、すみません。昨日からもう何軒も見世を回っていて、今日も朝からあっちこっち歩いて、昼を食い損なっているんですよ」

口入屋が答える。

「そりゃあ、かわいそうだよ。ちょっと待ってな。今、なにか用意させるから」

お福がすかさず言う。最初の息子を四つで亡くしているお福は男の子に弱いのだ。

「おかみさん、おにぎりでいいでしょうかねぇ。塩にぎりっていうのもなんだから、おかかでも入れて」

須美がすばやく台所に向かった。

「ああ、そうだね。それでいいよ。ほら、煮物がなにかあっただろ」

「うちで食べてもらいますよね。そしたら汁も温めますから」

お福にすすめられて口入屋と子供は床几《しょうぎ》に腰をおろした。

「素直そうな子じゃないか。それで船井屋本店《ふないやほんてん》さんは行ったのかい？　あそこも人が足りないって言っていたよ」

「行ったんですけどねぇ。間に合ってるって言われて」

「じゃあ、本菊屋《ほんきくや》さんは？」

お福は次々と日本橋界隈の菓子屋の名前を出す。

そのたびに口入屋はだめだったとか、断られたと答えた。

しばらくして須美が握り飯と小鉢の煮物、味噌汁もつけて持ってきた。

「さ、そんな汚い手で食べたらお腹を壊すから、井戸のところで洗いましょう。いっしょに行ってあげるから」

須美がうながす。

井戸端から戻って来た子供は床几に座ったもののおびえたような顔つきで、口入屋とお福と須美、徹次の顔を順繰りに眺めた。握り飯に手を出していいのかどうか迷っているらしい。

「それはあんたのだよ。食べていいんだよ。ゆっくりおあがり」

お福に言われてやっと手を出した。

夢中で食べる様子をお福と須美がじっと見つめている……。

「このままあの子を帰したら、おかみさんと須美さんが何か言いそうだなぁ」

持ち場に戻った留助が低い声でつぶやいた。

「伊佐兄が来た時を思い出しちまった。伊佐兄を見て、ばあちゃんとかあちゃんがあんな風に泣きそうな顔になったんだ」

幹太の言葉に伊佐が小さくうなずく。

伊佐の母親は、伊佐が七歳のとき、家を出た。伊佐は一人で母親の帰りを待ち、飲まず食わずで倒れているところを近所の人に見つけられた。

父親の行方は分からず、近くに親戚もいないらしい。

困った長屋の差配人が顔見知りの弥兵衛に相談し、牡丹堂に来ることになったのだ。

子供は握り飯と煮物を食べ、味噌汁を飲んでやっと人心地ついた表情を見せた。

「あんた、名前は何て言うの？」

須美がやさしい声でたずねた。

「清吉《せいきち》です」

澄んだ声で答えた。

「体を動かすのは好きかい？　菓子屋の仕事は朝早いんだよ。ちゃんと起きられるかい？」

お福が聞く。

「おいら、一生懸命働きます。前の見世でも夜明け前に起きていたから平気です」

「お前、昨日、うちで大福を食べたろ。あれ、ここの見世のだよ。おいしかったんだよな」

口入屋がうながす。

「はい。甘くて、やわらかくて、あんなにおいしい大福ははじめて食べました」

それは教えられたというより、心からの声に聞こえた。

「そうかい、そうかい」

お福がうなずく。

もうこの場の流れは、清吉を雇うことになっている。

「しかしなぁ」

徹次は腕を組んだ。

人は足りていない。だからすぐ使える人が欲しい。半人前にもならない清吉では困るのだ。

「徹次さん」

とうとうお福が思いつめたような顔で言った。

「ここの見世で雇えないっていうなら、しばらくあっちの家で預かるよ。それで、ひと通りのことは仕込んでおくから」

「ですけどね……」

何か言いかけた徹次を制して、お福が言葉をかぶせた。

「十二ってことは、来年は十三で、その次は十四だろ。十四なら、立派に見世の役に立つじゃないか。中途半端に仕事を覚えているより、一からうちのやり方を教えた方がいいんだよ」

その言葉を待っていたというように、口入屋は膝を打つ。

「さすが、おかみさん。その通りですよ。申し訳ないけどね、兄弟子たちもまじめないい子なんですよ。だけど、やっぱり甲州とこっちとじゃ、職人の腕が違う。あっちは菓子といえば饅頭と最中《もなか》で、日本橋みたいな贅沢なものはないんです。やり方も雑とは言わねぇけどさ。結局、一から教えなおさなくちゃならない。そこいくと、この子はまだまっさらだ。教え甲斐《がい》があるってもんだ」

さっきは二年ほど働いたから、そこそこできると言ったではないか。

以前も、大福しかつくれないとか、火を見るのが怖いとか、あちこちの見世で断られてきたような職人ばかり連れて来た。どうも、この口入屋は信用できない。

小萩はじろりと口入屋をながめた。

「分かりました。うちで引き取りましょう」

さすがの徹次も押し切られてしまった。

清吉の持ち物は小さな風呂敷包みひとつだった。てぬぐいと下帯と守り札。それがすべてだった。

お福に言われて須美が納戸から幹太の古い着物を出してきた。

「ちょいと、幹太。この子を連れてすぐに風呂に連れていっておくれ。新しい着物に着替えさせて、その後、髪結いにも行くんだよ。くりくり坊主にしてくださいって頼むんだ。首のあせもがひどいし、髪もきれいじゃないからさ」

お福がてきぱきと指図する。

徹次はもう何も言わない。すべてをお福と須美に任せた。

幹太が清吉を連れて風呂に行き、やっと仕事場は落ちつきを取り戻した。

「口入屋は最初からこうなると分かっていて、うちに連れて来たんじゃないのかしら」

小萩は思わずつぶやいた。

「そうだろうなぁ」

伊佐も続ける。

「まあ、あの子も妙な見世に行かなくてよかったじゃねぇか」

留助もうなずいた。


小萩は仕事場の隅で帳面を開いた。

清吉が来たことで時間をとられたが、恋川の菓子を考えなくてはならない。

杉崎は「足りない何かを注いでやればいい」というようなことを言った。

足りない何かとはなんだろう。

恋川の戯作見習いをしているという男の台本を出した。表紙には『西行《さいぎょう》由縁《ゆかりの》江戸《えど》桜《ざくら》』とある。『助六由縁江戸桜』の最初を変えただけではないか。そもそも西行法師は平清《たいらのきよ》盛《もり》と同じくらいの時代だから、そのころ江戸は田舎も田舎、ただの葦原《あしはら》だったはずだ。

小萩でも知っているような間違いに気づかない。

呆《あき》れて隅に押しやった。

「なんだ、小萩、難しい顔をして。さっそく難題か」

留助が声をかけた。

「西行法師のことは詳しい？」

「西行？ 和歌の人だろ。桜の下で死にたいっていう」

「そう」

「俺に聞いたってだめだよ。知ってるのはその程度だからさ。もっと詳しい人はいねぇのか」

留助は苦笑いする。

「春霞《はるがすみ》さんをたずねたらどうだ？　あの人はたしか和歌にも詳しかった。小萩が頼めば教えてくれるさ」

徹次が言った。

春霞は元は吉原《よしわら》の傾城《けいせい》で、今は白笛《はくてき》という号で茶人としても知られている札差《ふださし》の愛妾だ。小さな顔に形のいい鼻とぽってりと厚みのある唇で、狐《きつね》のように目尻の上がった細い目をしている。肌は日にあたったことがないのではと思うほど白く、透き通っている。しかも、古今東西の歌に通じ、筆をとったら見事な文字を書く。踊りはもちろん、琴に三味線《しゃみせん》、鼓《つづみ》も上手だという。

そんな春霞は小萩に菓子の注文を出してくれた。小萩は苦労の末、春霞の目にかなう菓子を仕上げたのである。

徹次は手みやげにと、桐箱に涼し気な葛《くず》や錦玉《きんぎょく》の上生菓子を詰めた。どれも水を集めたように透明で、やわらかくて、なめらかでするりとのどを過ぎて、暑さがひくような菓子だ。

小萩は菓子を持って、根岸《ねぎし》にある白笛の別邸に向かった。

根岸の里は上野の山の隣、静かな隠れ里として知られている。白笛の別邸も木立の中にひっそりとあった。

うっかりすると通り過ぎてしまいそうな質素な門を入り、勝手口に回り、案内を乞うと、古手の女中が出て来て座敷に案内された。柱は飴色で廊下は歩くと時々ぎしぎしと音を立てる。

障子を開け放した座敷に座ると、さわさわと風が木の枝を鳴らす音や鳥の声が聞こえた。

小萩は鎌倉のはずれの家に戻ったような気がした。

だが、里の家と違うのは、襖の引手ひとつも吟味された贅沢なものだということだ。まっさらな新しいものよりも、古びたものに風情を感じる、茶味があるというのが茶人である。

「今日はどうしたんだい？」

春霞がやって来た。

ゆったりと座ると、低い声でたずねた。

美しい人というのは、その場の気配を変えてしまうものらしい。春霞が部屋に入って来ると、一瞬で周りの風景が変わったような気がした。

この日、春霞は涼し気な麻の着物を着ていた。

薄茶と青味がかった灰色、白の縞は一見地味に見えて、春霞を華やかに彩った。

生地はごく薄いが独特の張りがある。これは、話に聞く越後上布《えちごじようふ》というものではあるまいか。苧麻《ちよま》という特別な麻で織り、真冬に雪でさらす。とんでもなく高価なものだ。

春霞なら、そういう着物をさりげなく、ふだんに着ていても不思議ではない。

「今日は教えていただきたいことがあってうかがいました。ある方のために菓子を考えることになりました。その方は西行法師に心酔しているそうです。でも、私が西行法師について知っているのは、歌を詠《よ》む人というくらいなのです。もっと深く知らないと、いい菓子はつくれないと思いました」

「おやおや、何をたずねるのかと思ったら。『願はくば花の下にて春しなむ　そのきさらぎの望月のころ』のあの西行だろ」

　春霞はすらすらとそらんじた。

「そうです。その西行です。あの人は男が惚れる人なんですか？」

「ほほ、男が惚れるか……。そうだねぇ、あれは男の憧れかもしれないねぇ。西行は平清盛と同じころの人だよ。俗名は佐藤義清《のりきよ》。名門の生まれで、鳥羽《とば》上皇の警護にあたる北面の武士の一人にも選ばれていた。刀を持てばめっぽう強い、すばらしい歌を詠む。将来を約束されていた人だ。それが二十三のときに、突然、世を捨てて旅に出る」

「お坊さんになってしまうんですか」

「そうだよ。その理由については恋に破れたからだとか、友の死だとか、いろいろ言われてはいるけどね。人っていうのは欲がある。金も名誉も欲しい。家族が大事。恩ある人には不義理ができない。がんじがらめで苦しいんだ。そういうものをすっぱりと切ったのが西行だ。なかなかふつうはそんな風に潔くできない。できないから憧れる。ああ、自分もそんな風にかっこよく生きたい……と、男は時々思うものらしい」

「なるほどねぇ」

うなずいてみせたが、じつのところはあまりよく分からない。

「西行は女にもてたんですか？」

小萩はたずねた。

「もてるさ。育ちが良くて剣の腕がある。孤独の影を背負っていて、血を吐くような歌を詠む。もてないわけないだろう？」

「だけど、とびっきりきれいな女の人がいても、でれでれしないんですよね」

「当たり前だよ。そこが西行だ。女が泣いてすがりついても、その手を払う」

春霞はあっさりと言う。いや、本当にそういうことがあったかどうかは分からないが、西行はそういう人なのである。

「だけど、その女が悪漢に襲われたとするだろう。西行は救ってくれるよ。なにしろ武芸に秀でているんだ。めっぽう強い」

なるほど。

それならよく分かる。たいていの女は喧嘩に強くて、自分を守ってくれる男が好きだ。

肉の厚い恋川の顔がちらりと浮かんだ。

――なんだ、知らないのか。だめだねぇ。これは西行の歌だよ。

自分がさも物知りのような顔をする。

「ふうっ」と大きなため息をついて、芝居がかった様子で一言。

――苦しいんだ。

きっと恋川は女好きだ。

そうして、女にもてたいと思っている。

だが、もてたい、もてたいという思いが透けて見えるような男は女にもてない。

小萩だって、もう、それぐらいのことは分かる年になった。

つまり、歌に秀で、剣にも女にも強い西行は恋川の憧れなのだ。

「じつは今、『書けない戯作者に台本を書かせる菓子』という注文を受けているんです。それで、その戯作者が言うには、絞り切ってもうからからになってしまったというのです」

「なるほど」

春霞は楽しそうににっこりと笑った。

「ある方に相談したら、からからになったのなら、足りなくなったなにかをたっぷり注げばいいと」

「その足りなくなったものが、西行ってわけかい？」

「今、春霞さんのお話をうかがって分かりました。その戯作者に足りないのは西行です。からからになるまで絞ったからじゃなくて、最初から足りなかったのかもしれませんが、とにかく、あの戯作者は西行になりたいんです」

「気の毒に、最初から足りないのか」

春霞は愉快そうに笑った。

「じゃあ、簡単じゃないか。西行を用意してやればいい。相手は戯作者なんだろ？　とびっきり芝居がかった面白いものにしておやり」

春霞は、迷っていた小萩の背中を押してくれた。

牡丹堂に戻ると、清吉が表を掃いていた。

風呂に行って坊主頭になって、幹太のお古の着物に着替えた清吉は見違えるほどこざっぱりとして、かわいらしかった。

「おかえりなさいませ」

ていねいに頭を下げる。

「いっしょに働いているんだから、普通に『おかえりなさい』でいいのよ」

小萩が言うと、また素直に「はい」と答えた。

仕事場に行くと、徹次たちが仕事をしていた。

「春霞さんはどうだった？　何か教えてくれたか？」

留助がどら焼きの皮を焼きながらたずねた。

「春霞さんは足りないのは西行なんだから、西行を用意してやればいい。相手は戯作者だから、芝居がかった面白いものにしろって」

「それで、小萩はなにか考えたのか？」

徹次も羊羹を煉りながら聞く。

「こないだのお能の菓子のときのようにするのはどうでしょうか。箱には桜の木を描いて、西行の歌にちなんだ菓子を並べるんです」

帰り道で考えた案を言ったが、みんなの返事がない。

「あれっ。なにか、変ですか？」

「変じゃないけど……。春霞さんが言ったのはそういうことか？　違うんじゃないのか」

伊佐が煉り切りをつくりながら言う。

「恋川は戯作者なんだよな」と徹次。

「春霞さんは芝居がかった面白いものにしろと言ったんだよね」

幹太も続ける。

「男の憧れ西行だろ？」

留助もつぶやく。

「えっ。どういうこと？」

小萩は首を傾げた。

そうか。

分かった。

「つまり西行ごっこですね。お菓子をつくるだけじゃなくて、お菓子を食べる場を用意する。そこでは恋川さんは、孤独を抱えた渋くて、いい男の旅人になる」

顔をあげると、徹次と留助と伊佐と幹太の笑顔が見えた。

そうだ、そうだという顔をしている。

「そうだ。一夜だけの旅だ」

徹次が言う。

「不思議で心地よい、ちょっと怪しい体験をさせてやるんだ」

伊佐が続ける。

「で、朝起きると、猛然と書きたくなるって寸法だよ」

幹太は飛び跳ねるようにして言った。

「まぁ、そうなるといいけどな」

留助がつぶやく。

「なんだ、みんなも、もう考えてくれてたんですね」

小萩は顔をほころばせた。

「いや、戯作者はどういう人かなって話になってな。自分が書いた人物を役者が演じるわけだろ。たまにゃ、自分でも演じてみたくなるんじゃないのかなって思ったわけだよ」

徹次が言った。

「そうしたら、春霞さんも芝居がかった面白いものにしろと言ったろ」

伊佐も続ける。

「面白《おもし》れぇなぁ。場所がいるよな。だれに頼む？」

幹太が目を輝かせた。

そういう洒落が分かりそうな人と言えば、茶人の霜崖《そうがい》である。

霜崖は日本橋の長崎屋《ながさきや》という薬種《やくしゅ》問屋の元主。今は隠居して、京橋の別邸の庭に草庵風の茶室を建てて茶道三昧の日々である。茶室は木立の中にあり、近くに水路もあるので猪《ちょ》牙舟《きぶね》で出かけて行くこともできる。

小萩はみんなで相談したことを紙にまとめて、市村座に向かった。小屋主の市村宗司に説明した。

「なるほどねぇ。思い切ったことを考えますなぁ。いや、面白い。からからに乾いてしまったというなら、それぐらいの冒険も必要でしょう。霜崖様ならこちらも懇意にさせていただいております。どうぞ、よしなにお伝えください」

今度は、霜崖のところである。

こちらは徹次といっしょに向かった。

事情を説明すると、膝を打って喜んだ。

「それで、恋川さんには、どことも行先を告げずにこちらの草庵に案内するわけですね。で、菓子を食べていただく」

「はい。明日の夜半。うちの者が恋川さんを訪ねて、誘い出す。猪牙舟に乗ってこちらに向かい、小道を抜けて草庵に至る。お菓子をいただいて、ひとときを過ごし、また静かに帰っていただくという手はずです」

徹次が説明をした。

「ほう。それで、どんなお菓子を用意されるつもりですかな？」

霜崖はたずねた。

「今、考えているのは漆黒の煉り羊羹です。中に大粒の大納言小豆《だいなごんあずき》を散らして、桜の花びらに見立てる」

「なるほど、『願はくば花の下にて春しなむ　そのきさらぎの望月のころ』という、例のあれですね」

さすが霜崖である。西行の歌をすらすらとそらんじた。

「菓銘は『花の下』とでもしようかと考えています」

「いっそ『春しなむ』とでもしたらどうですか？　それなら西行にちなんだとすぐ分かる。もっとも、それで死にたくなられたら困りますが」

「それは大丈夫です。そういう感じの人じゃないですから。結構、脂っけの強い人です」

小萩が言うと、霜崖は声をあげて笑った。

そういう霜崖も血色のいい、肉の厚い貫禄のある姿をしている。

茶人というのはやせて枯れ木のようになると、小萩は思っていたが、それはもの知らずであった。霜崖は隠居したとはいえ、日本橋の薬種問屋の主人であった男だ。人を何人も使い、大きな商いをしていた。長年の積み重ねが、立ち居振る舞いに堂々とした貫禄を与えている。隠居した今は好きな茶道三昧で、体も健康、気力も充実という日々を送っているから、年ごとに若返っている風にも見える。

「それで、お茶はどうなさいますか？　どなたかが点じるのですか？」

「いや、それは……」

茶は菓子といっしょに裏で用意をするつもりだった。

小萩がそっと霜崖の顔をながめると、いたずらっぽい笑みを浮かべている。

「せっかくこの草庵にお招きするなら、一服の茶を楽しんでいただくのがよろしいでしょう。こちらでご用意いたします」

「お願いしてもよろしいんですか？」

小萩は思わず膝を乗り出した。

「もちろんですよ。西行になっていただくんでしょ。草庵で待っているのは一人の茶人。ほのかな灯《あか》りの中に座れば、聞こえるのは釜の湯がたぎる音と衣擦《きぬず》れ、茶筅《ちゃせん》の音。一服の茶と菓子によって戯作者の眠っていた感性が呼び起こされる。このお芝居の鍵を握るのは茶人ですよ。その大役、ぜひ私に任せてください」

「ありがとうございます。ぜひ、お願いいたします」

徹次が言い、小萩も頭を下げた。

牡丹堂に戻ると夕餉《ゆうげ》の用意ができていた。

弥兵衛が鱚《きす》とめごちがたくさん釣れたと持ってきたので、その日は天ぷらである。

隠居所をつくったというのに、お福は毎日見世に通ってくる。弥兵衛も三日に一度はなんだかんだと理由をつけてやってきて、みんなと食事をとる。須美もいるし、清吉も加わっていつも以上ににぎやかになった。

板の間に箱膳が並び、小萩の脇に清吉が座った。

清吉は「自分もここにいていいのか」とでもいうように、不安そうな表情でみんなの顔を見ている。

「二十一屋はね、見世の者はみんないっしょにご飯を食べるんだよ。昔から、そういうことになっているんだ。あんたも、ここで食べなさい」

お福がやさしい声で言った。

「おい。今日は天ぷらだぞ。よかったな。最初の日からごちそうが食べられて」

留助が声をかけた。

「はい」

清吉は緊張した様子で答えた。

「お前はいくつだ？　十二か。少し小さいなぁ。前の見世でちゃんと飯を食わしてもらっていたのか?」

　上座の方から弥兵衛がたずねた。

　清吉は頬を染めてうつむいた。

「じゃあ、これからしっかり食べろ。わしも子供の頃、体が小さかった。だから、大工のところで断られて、菓子屋に奉公に出た。菓子はいいぞぉ。きれいで、おいしくて、楽しい。苦労もあるけどな。親方の言うことをよく聞いて、しっかり働くんだぞ」

「はい」

　清吉は言葉短く答えると、さらに顔を赤くした。


　夕餉の後、小萩と幹太、清吉は裏庭の井戸で洗い物をした。

　空には細い月が出ている。

　夏の夜の湿気を含んだ風が吹いていた。

「お前、兄弟はいるのか?」

　幹太がたずねた。

「いません」

　清吉は言葉少なに答えた。

「一人っ子か。じゃあ、俺と同じだな」

幹太が言った。

清吉はうつむいて答えない。しばらくして、ぽつりと言った。

「おとうちゃんとおかあちゃんの顔は、あんまりよく覚えてないです。おいらが三つのときに続けて死んだって聞きました」

小萩ははっとして清吉の横顔を見つめた。

「そっかぁ。悪いこと聞いちまったな」

幹太が言った。

「はい、いえ……」

清吉は口ごもる。

「じゃあ、じいちゃんとばあちゃんに育てられたのか。それとも親戚のうちか」

幹太がたずねた。

「最初はじいちゃんのところで、それからおじさんの家」

「じいちゃんやおじさんは甲州か？　だけど、おめえの言葉は江戸だな」

清吉はぱっと顔をあげて幹太を見た。

「じ、じいちゃんは甲州だけど、おじさんは江戸です。だから言葉が江戸です」

「じゃあ、なんで、甲州の菓子屋に奉公に行ったんだ。菓子屋なら江戸のほうがたくさんあるじゃねぇか」

幹太に言われて、清吉は助けを求めるように小萩を見た。

「いろいろ事情があるんだよね」

小萩が言うと、清吉は安心したようにうなずいた。

「そうなんです。事情があって」

「そっかぁ。まあ、いいさ。いろいろあらぁな」

幹太は洗い物の手を止めると、清吉に向かってにっと笑った。

「おはぎはやさしいだろ。怒ると怖いけどな。ちゃんと言うこと聞くんだぞ」

清吉はうなずいた。

「牡丹堂に来てよかったね。みんないい人よ。幸せになれるよ」

小萩は言った。

「幸せってのは、どういうことですか？」

清吉がたずねた。

「みんなで笑ってご飯が食べられるってことさ」

幹太が言った。

「白い飯が腹いっぱい食べられることかぁ。なら、おいら、もう十分に幸せだ」

清吉は無邪気に笑った。

三

「夜分に失礼をいたします。こちらは恋川様のお宅でしょうか」

清吉は恋川の家の戸をたたき、稽古をした通りに大きな声で呼んだ。

藍色の着物に赤い鼻緒の藁ぞうり。手には提灯《ちょうちん》。

芝居の子役の台詞のように甲高い声で一本調子でしゃべる。

小萩と伊佐は少し離れた物陰で様子をうかがっていた。

奥の方で物音がして、戸が開いた。

「なんだ、こんな夜分に。何か、用か？」

酒を飲んで寝ていたのだろうか。恋川は腫れぼったい目をしていた。

「市村座の市村様からのお言付《ことづ》けです。恋川様においでいただきたい場所がございます」

「ふうん」

恋川はぼりぼりと腕をかきながら、清吉の様子を眺めた。

夜中に子供だ。

しかも坊主頭で、薄化粧までしている。

「狐か狸《たぬき》ってことはねぇよな。ちょっとそこで一回りしてみろ」

清吉がくるりと回ってみせる。

「尻尾《しっぽ》はねぇようだな」

「これが、市村様からのお手紙でございます」

市村からの文を手渡した。中には、ぜひとも会わせたい人がいると書いてある。

「なんだよ。そういうことなら昼間会ったときに言えばいいのに」

そう言って、ちょいと空を見上げた。

三日月が浮かんでいる。

手にした文を太い指ではじいた。

「たしかに市村の字だ。何をたくらんでいるんだよ。ま、いいか。だまされるなら、だまされてみよう。ちっと待ってな」

しばらくして、恋川は身支度を整えて出て来た。

深い光沢のある黒い着物に白足袋《しろたび》だ。

「では、案内を頼む」

少し気取ったいい方をした。

その様子を物陰で見ていた小萩は、伊佐の肘が触れてはっとした。

「恋川さん、結構、その気になっているなぁ」

隣の伊佐は真剣な顔をしている。

ともかく、恋川を連れ出すことはできた。

これが、最初の難関で、追い返されたら、すべてが水の泡になる。

清吉が先に立ち、恋川が後に続く。

夜も深まって町は静まり返っている。人気《ひとけ》のない通りを歩いていくと、塀の向こうで犬の鳴き声がした。

「犬が鳴いても驚かないところをみると、やっぱりお前は狐じゃねぇのか」

恋川はまだ狐を疑っているらしい。

しかし、考えてみると夜ふけに小萩は伊佐と二人でいるのだ。

なんだか、どきどきしてきた。

と思ったら、路地から人が現れた。

「あれぇ。恋川さんじゃねぇか。こんな夜分にどこに行くんだよ」

役者の仲屋小太郎である。

伊佐が舌打ちした。小萩も思わず、顔をしかめる。

「いや、ちょいと子狐にだまされにな」

恋川の答えに、小太郎はちろりと清吉を見た。

「子狐のお使いで女狐《めぎつね》のところへか。お安くないねぇ」

少し酔っているらしい。

「俺もついて行っていいか」

その言葉を聞いて、小萩は飛び上がりそうになった。それは困る。西行にならないではないか。

「なんか、もうちょいと飲みたい気分なんだ。なぁ、いいだろう」

小太郎は甘えた調子で恋川の袖をつかんだ。

「お前、また、振られたのか」

「そういうなよ。いいところまで行ったんだけどなぁ。結局、体《てい》よく追っ払われた」

ふんと、恋川は鼻で笑った。

今の恋川はかなりの二枚目気取りであるらしい。

「それで、ほら、新しい芝居のことなんだけどさ、この前、面白い話を聞いたんだよ。それがさ、びっくりよ。まんま芝居になりそうなんだよ」

小太郎は恋川にからみつくようにしてついて来る。

恋川も追いかえすつもりはないらしい。

清吉は困ってどうしていいのか分からないという風だ。

「清吉、頼むからこっちを見るんじゃねぇぞ」

隣で伊佐がつぶやく。

「この先は堀だろ？　俺たち、どこに向かっているんだ？」

小太郎が恋川にたずねた。

「どうなんだ？」

恋川は清吉にたずねた。

清吉は顔を真っ赤にして、大きな声で叫んだ。

「市村座の市村様からのお言付けです。恋川様においでいただきたい場所がございます」

「それはさっき、聞いたよ」

恋川が言う。

「これが、市村様からのお手紙でございます」

ほかのことは言わなくていいと教えてあるから、清吉は稽古した台詞を繰り返す。

「だから、俺たちはどこに行くのかって聞いてんだよ。なぐるぞ、こら」

小太郎がすごんだ。

清吉はぱっと横に逃げた。手にした提灯を放し、両手で頭を抱えて泣きそうな声を出した。

「すんません、すんません。勘弁してくだせぇ。もうしません」

恋川は転がった提灯を拾って言った。

「子供を脅してどうするんだよ。しょうがねぇ奴だなぁ。分かった、分かった。俺一人で行くよ。小太郎、お前の話は、明日聞くから」

恋川は小太郎をおいて歩き始めた。

堀に着いた。

「こちらへどうぞ」

「舟かい。粋《いき》だねぇ」

言葉とは裏腹に、恋川は一瞬視線を泳がせた。だが、腹をくったらしい。

清吉とともに猪牙舟に乗り込んだ。

船頭が櫂《かい》を動かすと、すべるように、猪牙舟は動き出した。

猪牙舟は霜崖の別邸の裏に着く。そこから先は小道を伝って草庵に至る。

道案内をするのは清吉である。

その様子は留助がうかがっている。

木々はうっそうと茂り、足元を照らすのは清吉の持つ提灯だけだ。

「草木も眠る丑《うし》三つ時か」

恋川はつぶやく。


道の先に草庵が見えて来た。

灯りがもれている。

「あちらでございます」

清吉が指し示した。

草庵の中は小さな行灯《あんどん》がひとつ。ぼんやりとした光に照らされ、炉《ろ》には湯がたぎっている。


小萩と伊佐が表の道を通って着いた時は、恋川が草庵に入った後だった。

清吉は小萩の顔を見ると、駆け寄ってしがみついた。ほっとしたように大きく息を吐いた。

「見てたよ。よく頑張ったね。上手だったよ」

小萩がささやくと、「うん、うん」とうなずいた。

恋川が座ると、霜崖が現れるという手はずである。

水屋には徹次と幹太がいる。

「一服いかがでございますか」

「うむ」

恋川が答える。

「では、菓子をご用意いたしましょう」

霜崖は菓子を運んだ。

黒漆の器にのせられた漆黒の羊羹である。

行灯の灯りの中で目を凝らしてみれば、桜の花びらのように散る小豆が見える。

「菓銘は何という」

「『春しなむ』でございます」

「なるほど。そういう趣向か」

恋川ははっきりと、このたくらみに気づいたらしい。

芝居がかった様子で座りなおした。
小萩は水屋の陰から、中をそっとのぞいた。
二つの大きな黒い影が見えた。
恋川は背はさほど高くないが、肉の厚いずんぐりとした体つきをしている。
霜崖も堂々とした体軀《たいく》である。
茶室の中で二つの黒い塊が対峙《たいじ》し、ぶつかりあっている感じがした。
夜は深く、茶筅の音が響く。
「ほう。月か」
恋川はつぶやいた。
小さな窓から月が見えた。
掛け軸には一枝の桜が描かれている。
「不調法でござりますゆえ、勝手に飲ませていただく」
恋川は酒でも飲むように茶碗を片手でつかむと、するりするりと飲んだ。
無頼漢というところだ。
どうやら、孤独の影を背負ったさすらい人の気持ちになっているらしい。
小萩の前で見せた饒舌《じょうぜつ》な男ではない。

重々しい、二枚目である。

「むふふふふ」

突然、霜崖が小馬鹿にしたように笑った。

二枚目気取りだった恋川の手が止まった。

「西行様をお迎えせよとの仰せでございましたが、お見かけしたところは、品格もなにもない、ただの流れ者ですな」

その言葉に小萩は飛び上がりそうになった。いきなり、どうしてそんなことを言い出すのだ。筋書きと違うではないか。

「はあ？」

気持ちよく西行を演じていた恋川は目をむいた。しかし、すぐに芝居にもどった。

「そこもとに私の心のうちが分かるものか」

低い声で応じる。

「茶人は座った姿にすべてが表れると申します」

恋川は悔しそうな顔になり、霜崖の背中が勝ち誇ったようにかすかに揺れた。

沈黙が流れる。

やがて、恋川がつぶやいた。

「弓はりの月にはづれて見しかげの……」

すかさず霜崖が下の句を続けた。

「やさしかりしはいつか忘れむ」

恋川の目がきらりと光り、大きく声を張り上げた。

「都にてつきをあはれと思ひしは……」

その言葉が終わらぬうちに霜崖が続ける。

「数よりほかのすさびなりけり」

恋川は茶碗をおいた。霜崖をにらみつけ、叫んだ。

「いとほしやさらに心のをさなびて……」

霜崖も負けじと大きな声で返す。

「魂《たま》切れらるる恋もするかな」

いつの間にか、二人は勝負をはじめていた。

どうしよう。

小萩は徹次と伊佐の方を見る。二人は静かに座っている。

五首、十首。歌の応酬が続く。

恋川は西行好きにかけて人後に落ちないと自負しているらしい。その鼻をへし折るかのように、霜崖が突っかかってくる。

――おお、いい度胸だ。やってやろうじゃねぇか。

――ちょこざいな。受けて立ちますよ。

二人の気迫がぶつかり合って、火花を散らしている。

十五首、二十首。

いつ果てるともなく、歌の応酬が続く。

「なにごとのおはしますかは知らねども……」

「かたじけなさに涙流るる」

その途端、恋川は跳びあがって叫んだ。

「おおい。とうとうしくじったな。『涙流るる』ではない。『涙こぼるる』だ」

うれしさで声が裏返っている。

「はっはぁ。なにが、『春しなむ』だ、なにが桜だ。西行については、俺様より詳しい奴はいないんだよ」

手をたたいて喜んだ。

さっきまでの二枚目芝居はどこへやら、今はすっかり素に戻っている。

「よし、帰るぞ。悪いな。うまい茶だったよ」

恋川は意気揚々と草庵を出た。

行きと同じように猪牙舟のところまで清吉が案内した。

夏の早い朝はもうそこまで来ていた。


足音が遠のくと、徹次は霜崖に声をかけた。

「まったく大変な役をお願いしてしまいました。ありがとうございます」

「なんの、なんの。あの男、あんまりその気になっているから、ちょいと、からかってみたくなりましてね。案の定、むきになって突っかかってきましたよ」

霜崖はくすくすと笑った。

「おかげさまで、恋川さんもすっかり元気になったようですよ。それにしても、霜崖さんがあれほど西行の歌にお詳しいとは存じませんでした」

「だって、西行でしょう。あの人は男の憧れですから。私も一時、夢中になりました」

晴々とした顔をしている。

「最後の歌は、たしか伊勢神宮で詠んだものではないですか。負けたふりもさすがでした」

最近、和歌を熱心に学んでいる伊佐が言った。

「ほっほっほ。斬られ役がうまいと、主役が引き立つんですよ。それより、私は途中であの男が間違えるんじゃないかと、はらはらしました。いやいや、楽しかった」

霜崖は疲れも見せず、満足そうにしていた。

八日後、市村座が初日を迎えた。

昼過ぎ、川上屋のお景が牡丹堂にやって来た。

「今、市村座のお芝居を観て来たの。面白いのよ。大評判。立ち見が出ているわ」

よくとおる声で言った。

「どんなお芝居だったんですか？」

小萩はたずねた。

仕事場では徹次や留助、伊佐に幹太、清吉も耳を澄ましているに違いない。

「あのね、心中物なの。遊女に会うために見世の金をごまかした若い手代がいてね、遊女と逃げる。死ぬ前に父親に一目会いたいと故郷に帰ってくるんだけど、追手が迫るのよ。そこで、男の幼なじみが二人を逃がすために、大立ち回り。取り囲んだ追っ手をたった一人でバッタバッタと投げ飛ばす」

「幼なじみの役は小太郎さんですか？」

「まさかぁ。そういう見せ場はお父さんの竹也さんがするのよ。小太郎さんはやっつけられる方。今回も派手に背中から落ちていたわ。そういうのが上手なのよね」

小太郎は、これからも、こっぴどくやられて背中から落ちる役をすることになるだろう。

「その間に二人は逃げていく。次の場では、夕闇がせまっていてね、二人はついに心中をする。それが悲しいのよ。泣けるの」

「もしかして、桜の木の下ですかい？」

留助が顔を出してたずねた。

「そうよ。よく分かるわねぇ。桜吹雪《ふぶき》なのよ。二人が倒れると、はらはらと桜の花が散りかかるの」

小萩はにっこりした。

どうやら恋川さざ波は派手な立ち回りがあって、泣ける心中物で最後に桜が出てくるという芝居を書き上げたようだ。

夕方、小屋主の市村宗司はたくさんのお礼を包んで持ってきた。

猫が運んだ福つぐみ

一

見世の向かいにおしろい花が咲いている。どこからか種が飛んできたものらしく、毎年大きく育ち、鮮やかな紅色の花を次々と咲かせた。

小坊主のようにそり上げた清吉の頭は五日たち、十日過ぎるころには、いが栗のようになった。

それに伴い、清吉は少しずつ牡丹堂になじんできた。

返事もいいし、一生懸命働いている。

だが、困ったことに朝が苦手だ。

牡丹堂では朝一番にみんなそろって大福を包むのが習いである。小萩と幹太、徹次が順に起きてくる。通いの留助と伊佐がやって来て支度を始める。須美も来て、朝餉《あさげ》にかかる。

ふつうなら気配に気づいて起きるはずだ。

すぐに起きたのは、最初の三日だけだ。

四日目はもう、起こしてやらないと起きられなかった。

「おい。ぼやっとしてねぇで井戸で顔を洗ってこい」

留助や伊佐に言われて動き出すが、宙を歩いているようにふらふらと足元がおぼつかない。冷たい水で顔を洗うと、やっと少し目が覚めるらしい。ほうきを持って表に行き、掃除をはじめる。

その代わり、夕方は元気だ。

みんなが疲れた顔をするころは体もよく動くらしく、洗い物でも拭き掃除でも手早く片付ける。

「お前、百姓の生まれなんだろ。そんなに朝が弱くてどうしてたんだ?」

あくびを嚙み殺しながら朝餉を食べる清吉を見て、伊佐があきれた顔でたずねた。

「前にいた菓子屋は夜だけ開いていたのか」

留助がからかうような目を向けた。

菓子屋で働いたことがないのは、みんなすぐに気づいた。

へらと言われて玉杓子《たまじゃくし》を持って行く。羊羹などを流す道具を舟と呼ぶのだが、困った顔できょろきょろとあたりを見回した。

だが、掃除は上手だった。

大きな竹ぼうきを使って、手早くきれいに掃き清める。廊下を磨くときは、雑巾をきゅっと固くしぼって、四つん這いになってたったと走った。隅のほうも忘れずに拭くし、須美がぬか袋を用意すると、それで廊下や柱を磨いた。牡丹堂は以前にもまして掃除が行き届くようになった。

午後、みんなの手が空いて井戸端に集まってひと休みしていたときのことだ。

「あいつ、料理屋にいたんじゃねぇのか」

伊佐がぽつりと言った。

「そうだな。あの掃除の仕方をみると居酒屋じゃなくて、ちゃんとした料理屋だな。しかし、口入屋も適当なことを言うよなぁ。菓子屋で二年って、どこの菓子屋だよ」

留助があきれた顔になった。

「全部断られて、ほかに行くところがなかったのよ。一生懸命やってるじゃないの」

小萩は清吉の肩をもつ。

「本当に牡丹堂が最後だったのかもしれないな」

伊佐が気の毒そうな顔をした。

「そのうち、聞いておくよ。今はあいつ言わねぇよ。うっかりしゃべって、そんならいらねぇって帰されるのが怖いからさ」

あれこれ清吉の面倒を見ている幹太が大人びた調子で答えた。

「こんにちは」

生垣の向こうから声がして、神田の菓子屋、千草屋《ちぐさや》のお文《ふみ》が白い顔をのぞかせた。

千草屋は古いが趣《おもむき》のある見世で、主人の作兵衛《さくべえ》と弥兵衛は古くからの知り合いだ。作兵衛が足を悪くした今は、若いお文が見世を取り仕切っている。

「小萩さんが看板を出したって聞いて、見に来たのよ」

お文は笑顔で言った。

藍色の着物に藍色の帯をしゃきっとしめて、小さな髷にかんざしが一本。小萩がこんな地味な形《なり》をしたら、お福や須美に「若いんだから、もっと赤くてかわいいものを身につけなさい」と言われるに違いない。だが、うりざね顔に大きな黒い瞳、すっとまっすぐな形のいい鼻、神田小町と称されるお文には、余計な飾りのない姿がむしろふさわしい感じがする。

小萩はお文を見世の正面に案内した。

「看板だけ立派で、なんだか恥ずかしい」

「そんなことないわよ。これから、ふさわしい仕事をすればいいんですもの。頑張ってね。私も負けないように張り切らなくっちゃ」

お文はおどけて握りこぶしをみせた。

「じつはさっそくにご相談があるのよ。うちのお客さんのお知り合いで、かわいがっていた猫がいなくなって、すっかり気落ちしてしまったって方がいるの。ご家族もいなくて一人暮らしで、猫が心のよりどころだったみたいなの」

お文は困ったというように眉根を寄せた。

かわいがっていた犬や猫がいなくなって、元気がなくなったという話はときどき聞く。となりの味噌問屋のおかみさんも、飼っていた小鳥が死んだときずいぶん長い間沈んでいた。

「小萩さん、前に袋物の寿《ことぶき》屋《や》のご隠居さんのために、うさぎのお菓子をつくってさしあげたことがあったでしょ。きっと今度も、力になってあげられると思うのよ。ご紹介させていただいていいかしら」

「はい。……でも、私で大丈夫かしら」

「大丈夫。小萩さんなら、やれるわよ」

お文は大きくうなずいた。

夕方、お文に聞いてきたと、お竹《たけ》という女が小萩を訪ねてきた。

年は六十をいくつか過ぎていそうだが、腰はまっすぐで痩せて骨ばった体つきをしている。

「客に合わせた菓子を考えてつくってくれるってのは、あんたかい？」

職人だった亭主を亡くし、今は一人暮らしをしているというお竹は歯切れのいい話し方をした。

「はい。私ですが」

小萩は答えて、みんなが「おかみさんの大奥」と呼んでいる奥の座敷に案内した。

「私の友達にお茂《しげ》ちゃんという人がいるんだよ。私と同い年で、同じように亭主に死なれて一人暮らしをしている。お茂ちゃんとは昔からよく気が合ってさ、お互いの家を行ったり来たりしているんだ。そのお茂ちゃんが、このごろ元気がなくてねぇ」

大きなため息をついた。

そのとき、須美がお茶と水羊羹を運んできた。お竹はせっかちな性格なのか、すぐに手を伸ばした。

「あれぇ、おいしい水羊羹だねぇ。あたしは、あんまり家じゃ甘いもんを食べないんだよ。だけど、これはいけるね。甘さがちょうどいい」

目を細めた。

「たしか、かわいがっていた猫がいなくなったとか」

「そう。子猫を拾ってね、その子を大事にしていたんだ。鰺《あじ》が好きだからって、鰺しかやらないんだよ。七輪でこんがり焼いて、ていねいに骨を取ってほぐしてさ。猫なんだから、ご飯にかつお節でいいじゃないかって言ったら、うちのみいちゃんは、そんなもんは食べませんって叱られた」

お竹が口を開けてははと笑うと、丈夫そうな白い歯が見えた。

暗い色の着物は古いが上等なもので、きちんと手入れされていた。顔の肌はつやつやとして、髪もきれいに結っている。

一人暮らしと言ったが、いつも身ぎれいにして趣味の良い暮らしをしているのだろう。お茂という仲良しもきっと、同じようにゆとりのある暮らしをしているに違いない。

「そのみいちゃんが半月ばかり姿を見せないんだよ。人を使って捜したけど、見つからない」

お竹は声をひそめた。

「猫は、死ぬときは姿を消すって言うだろ。みいちゃんはもう十歳だからね、もしかしたらどっか悪かったんじゃないのか、自分が傍《そば》にいながら気づいてやれなかったんじゃないのかって、くよくよしているんだよ」

「そうですか。それは、お気の毒ですねぇ」

「あの人は甘い物が好きなんだよ。だから、元気になるような菓子をつくってもらえないかねぇ」

「分かりました。そうしたら、どんなものがよろしいでしょうか」

小萩はたずねた。

「そうだねぇ。饅頭がいい。お月見のころになると、うさぎの饅頭が出るじゃないか。あんな感じで、かわいい猫の顔とかつくれないのかい？」

山芋を使った白い薯蕷《じょうよ》饅頭に焼き印でうさぎの耳と目をつけたものだ。

「はい。ああいったものでしたらご用意できると思います。みいちゃんは三毛猫ですか？」

「いや。虎だよ。雄で体が大きくて喧嘩が強い。若いころ、近所の奴にやられて右の耳が少し垂れちゃったけど、今はそいつも追っ払って負け知らずだそうだ」

どうやら、名前から想像するのとは違う姿をしているらしい。

「数は多くなくていいよ。四個。六個あってもいいか。届けてもらえるかい？」

「はい」

「あ、それからね。おばあさんとかご隠居さんと呼ぶと怒るからね。おかみさんとか、お茂さんと呼んでくれ」

「分かりました」

そう言うと、お竹は帰って行った。

徹次に相談して、小萩は猫の顔の饅頭をつくった。茶饅頭に焼き鏝《ごて》で縞模様をつけると虎猫らしくなった。

目の位置でとぼけた顔、かわいい顔といろいろできた。

「おお、かわいいじゃないか」

幹太ができあがった饅頭を見て言った。

「ほかの色もつくったらどうだ。白いのとか、三毛とか」

留助が言うので、そちらもつくる。

箱に入れて、神田にあるお茂の家に持って行った。

亡くなった亭主は大工の棟梁《とうりよう》だったというお茂の家は、大きな屋根のある立派な家だった。瓦は黒々として、玄関も凝っている。

女中に「お竹様のご依頼でお菓子をお持ちいたしました」と言うと、中に通された。

お茂はお竹を一回り小さくしたような姿をしていた。暗い色の着物の襟元を詰め、背をぴんとのばして座っている。

座敷には杢目《もくめ》の美しい違い棚があり、吟味された調度品が飾られていた。ほかには、余分なものは一切ない。

「かわいがっておられたみいちゃんの姿が見えなくなって、気落ちしているのではないかと、お竹さんが心配をしていらっしゃいました。甘い物がお好きだとうかがいまして、お饅頭を持ってまいりました」

小萩が木箱の蓋を開けると、六匹の饅頭の猫が並んでいる。虎と白と三毛。笑ったり、眠そうにしたりしている。

お茂はじっと饅頭を見た。

「かわいいねぇ。ありがとうね。お竹さんはやさしい人だ。よく礼を言っておくれ」

そしてため息をついた。

「どれも、かわいいよ。かわいすぎて食べられないよ」

ほろりと涙を流した。

気丈に見えるお茂だが、相当に参っているらしい。

「みいちゃんが早く見つかるといいですね」

小萩は言った。

「そうだねぇ。あの子はもう、十年もこの家にいるんだよ。最初、家に来た時は小さくて、女の子かと思ったんだ。それでみいちゃんて名前にした」

お茂は遠くを見る目になった。

冬の寒い日、縁側のところで鳴いていた。野良の母猫が置いて行ったらしい。

「あたしに育てろって託していったんだよ。お竹さんは拾った猫なんて言うけど、とんでもない。母猫が大事にしていた子だ」

まだ目も開かないので、さじでおかゆを口に流し、寒いといけないと布を敷いた箱に入れて火鉢のそばにおいた。

春になるころには、餌もしっかり食べて体はどんどん大きくなった。太いしっぽは途中でかぎになり、額の白い星のような模様がいっそう目立った。

「そのころになってやっと気がついた。雄だったんだよ」

あははと声をあげ、お茂は愛《いと》おしそうに笑った。

一年も経《た》つとみいちゃんはきれいな若猫になった。春になって雄猫たちが雌を争って鳴くようになると、我慢できなくなって出て行く。そのころはまだ喧嘩に弱くて、しょっちゅう怪我《けが》をした。片耳がちぎれそうになったこともある。

お茂さんはそのたび、軟膏を塗ってやった。

「まだ、うちの人も元気でね、下の息子も家にいたんだ」

四人の息子がいて、長男は大工となって棟梁を継いだ。所帯を持って別に暮らしている。次男は高いところはだめだといって魚屋になった。三男と四男も大工となって、長男を助けている。

「末っ子は甘ったれでね、ものになるかと心配したんだけど、兄貴たちがしっかりやっているからね、なんとか仕事ができるようになったんだ。それでようやく所帯を持った。前からよく知っていた家の娘さんだ」

無事祝言をすませて安心したのか、その年の暮れ、風邪ひとつひいたことのない亭主が倒れた。起きられないまま逝ってしまった。

「息子たちがそれぞれ一緒に住まないかと言ってくれたんだけど、あたしは自分のことは自分でできるから、しばらくこの家で暮らしたいって断ったんだ」

「そうだったんですね」

小萩は言葉少なに言った。

こういうときには、たくさんしゃべってはいけない。意見したり、忠告をするのはもっといけない。相手は自分の話を聞いてもらいたい。ただそれだけなのだから、話しやすいように相槌《あいづち》を打つだけでよい。

そのことはおかみのお福に教わった。

お福は聞き上手だったから、顔なじみのお客が入れ替わりやって来て、みんなが「おかみさんの大奥」と呼んでいる部屋で話を聞いてもらっている。看板を上げたのを機に、小萩も、その部屋を使わせてもらえることになった。

「一人はいいんだよ。だれに気兼ねなく、好きな時に起きて、好きな時に寝て、好きなものを食べてさ。だけど、時々、昔のことを思い出したりして急に悲しくなる。腹を立てることもあるんだよ。そうすると、いつの間にかみいちゃんが横に来る。みいちゃんはね、あたしの気持ちが分かるんだよ」

お茂の傍に来て、ちょいちょいと膝に手をかける。ころりと転がってお腹を見せて甘える。『ああ、みいちゃん、あたしの気持ち分かってくれているのね』ってなでていると、あたしは悲しかったり、へこんだり、怒ったりしたことを忘れてしまうんだよ」

お茂の目がまたうるんだ。

何年かすると、みいちゃんの顔は雄猫らしく大きくなり、背中にも腹にも肉がついた。めっぽう喧嘩にも強くなって、近所の親分格になっていた。外で猫のうなり声がすると、「おう、やってやろうじゃねぇか」という風に出て行く。

「いつの間にか、みいちゃんが亭主面《づら》をしているんだよ」

くっくとお茂はうれしそうに肩をゆすった。

「帰ったよ」という風にふらっと部屋に入って来ると、座布団の上にどっかと座り、ゆうゆうと毛づくろいをはじめる。

人間だったら「茶をいれてくれ」というところだろう。

「お帰りって言いながら、水入れの水を換えたり、背中をなでてやるんだ」

ご飯時になってもうるさく催促しない。

じろっとお茂を見て、「おい、飯にしてくれ」という風に、口を開ける。にゃあと鳴いたらしいが、声は出ない。

――ああ、そうだねえ。分かったよ。今、用意するから。

お茂さんは縫い物や書き物の手を止めて、みいちゃんの世話を焼くのである。

「あの子はあたしに飼われているつもりなんかないよ。この家の主人のつもりだよ。だって、このあたりを仕切っている親分猫なんだからさ」

そのみいちゃんが、姿を消したのは半月ほど前だ。

「この頃、家ではずっと寝ていたんだよ。やっぱり、年なんだね。あたしがここで縫い物をしていたら、ふらっと起きた。『にゃあ』って鳴いて、片手をこうやって、膝に掛けたんだよ。で、あたしの顔をじっと見た。そのまんま出て行こうとしたから、『あれ、みいちゃん、外に行くの？　めずらしいねぇ』って声をかけた」

しっぽだけで挨拶して、縁側からするっとおりて、庭を横切って出ていった。

「あれが、挨拶だったんだねぇ」

お茂さんはつぶやいた。

「猫は自分の死期が近づくと、姿を消すんだってさ。きっとみいちゃんもそうだよ。どこか、あたしの知らないところで死のうとしたんだよ。あんなにかわいがってやったのに、なんで、一人で死のうと思ったのかねぇ。薄情じゃないか」

お茂さんはさめざめと泣いた。

「あの、みいちゃんはきっと元気でどこかにいますから」

小萩はそう言って、短冊を取り出した。細筆で、

――たち別れ　いなばの山の　峰に生ふる　まつとし聞かば　今帰り来む
と書いてある。百人一首にある中納言行平《ゆきひら》の歌で、

「お別れして因幡《いなば》の国へ行きますが、因幡の稲羽山《いなばやま》の峰に生えている松の木のように、私の帰りを待つと聞いたなら、すぐに戻ってまいりましょう」というような意味である。

「これはいなくなった猫が戻ってくるというおまじないです。みいちゃんがいつも通るところに貼っておくといいそうです」

「ありがとうねぇ。あんたは、やさしいねぇ」

お茂はまた新しい涙を流した。


お茂の家を出ると、その足でお竹の家に回った。

お竹の家も、お茂の家に負けない立派な家である。亡くなった亭主が植木屋だったというだけあって門の脇には枝ぶりのいい松があり、庭の石灯籠《いしどうろう》の横で背の高い芙蓉《ふよう》は紅色の花をつけていた。

「お茂さんにお菓子をお届けしてきました」

「どんな様子だった？　なんか言っていたかい」

「猫の顔のお饅頭を届けたんですけど、かわいすぎて食べられないと言われました。それから、みいちゃんの話をずっとして……、泣いていました」

「おや、まぁ。あのお茂ちゃんが……」

そう言ったまま、お竹は絶句した。

「そうとう参っているんだねぇ。これは大変だ」

大きなため息をついた。

「みいちゃんは猫だけれど、家族なんですね」

「そうだよ。もちろんだよ」

お竹は大きくうなずいた。

「手の上に乗るぐらい小さなときから育てて、十年もいっしょにいるんだ。ご亭主を亡くしてつらいときに傍にいたのが、みいちゃんだよ。お茂さんが落ち込んでいると、甘えてくるんだってさ。かわいいじゃないか」

話をしていると、物売りがやって来た。若い男だった。

座敷にいる小萩とお竹の姿を見ると、勝手に木戸を開けて庭に入り、縁側から声をかけた。

「おばあちゃん」

甘い声である。お竹は知らんぷりだ。

「あれ、耳が遠いのかな。おばあちゃん、おばあちゃん」

声を張り上げる。

「おばあちゃんってだれのことだい？　まさか、あたしを呼んでいるんじゃないだろうねぇ」

お竹はきろりと男をにらんだ。

男はしまったという顔になったが、すぐにつくり笑顔になった。

「ああ、すみませんねぇ。富山から来た薬売りです。えっと、ご隠居……、いや、おかみさん、膝は痛くないですかぁ。腰はどうですかぁ。つらいですよねぇ。そういうのに、よおく効く薬があるんですよぉ。試しにね、ひとつ、飲んでみませんか？　今なら、すごくお安くしておきますから」

誘うような目をした。

「あいにくと、あたしはあんたに心配してもらうほど年寄りじゃないんだ。膝も腰も痛くないんでね。間に合っているよ」

背筋をくいと伸ばして、つっけんどんに答えた。

「それはよかった。ああ、私も安心しましたよ」

冷たく返されても、男はひるまない。大げさに喜んでみせた。

「おらの田舎のばあちゃんはさ、前から足が痛いって言っていたちゃ。腰が曲がっていたから背中も膝も痛くなるんちゃね。それで、おらはいっつもさすってあげていたちゃ。そんとき、知り合いにすすめられて、この薬を飲ませたっちゃ。そうしたら、なんと、びっくり、よくなった。これは人助けだと思ってさ、薬売りになった。孝行したいと思っているちゃ」

急に妙なおくに言葉になってつらつらとしゃべった。

「あたしは、あんたのばあちゃんなんか知らないよ。今、この人と話をしているんだから、邪魔をしないでおくれよね」

お竹の言葉に男はおどけた様子で肩をすくめた。

「いやあ、すみませんねぇ。だけどさ……」

「だいたい、あんた、誰に断って庭に入って来たんだよ。物売りなら勝手口から来るもんだろ。とっとと帰りな」

男の言葉を遮って、お竹が大声を出した。その剣幕に男は退散した。

小萩の方に向き直ると、お竹は顔をしかめた。

「まったく、うちをたずねて来るのは、あんな輩《やから》ばっかりだよ。世間のやつらは、あたしたちみたいな一人暮らしの女をいいカモだと思っているんだ。ちょいとやさしい声をかければ、ほいほい金を出すと思っている。そうはいくか。さっきの薬売りだってさ、富山から来たなんて言ったけど、本当かねぇ」

「どうなんでしょう」

「暇で困るだろうなんて心配する人がいるけど、とんでもない。掃除だって洗濯だって、全部自分でやっているんだ。お寺さんの用事だって結構忙しいんだよ。舅《しゅうと》、姑《しゅうとめ》、亭主、それに自分の親兄弟、世話になった親方の祥月命日、月命日があるだろ。ほかに観音様の日だ、お不動さんの日だってあれこれあるしね。この前、数えたら三日に一度は出かけることになるんだ。まったく呆《ぼ》けている暇なんかないんだよ」

お竹はもうひとつ、背筋を伸ばした。そして、小さくため息をついた。

「そうか。お茂さんはそんなに弱っちまったか。あの元気な人がねぇ」

肩を落とした。

「お役に立てないですみませんでした」

小萩は謝った。


帰りに千草屋に寄ると、お文が見世に立っていた。

「この前のいなくなった猫のお客さんだけど、どんな様子だった?」

お文がたずねた。小萩は、お竹に話したのと同じことをしゃべった。

「あら、まぁ」

お文は目を丸くした。

「よっぽど参っているのねぇ。そういう人じゃないのよ。このあたりじゃ、お竹さんとお茂さんはしっかりもので有名なのよ」

ご用聞きなどは、うっかりしたことを言うと叱られる。

二人のところに行くときは、みんな気をひきしめていくのだそうだ。

「あ、でも、小萩さんみたいにまじめに一生懸命働く人にはやさしくて親切だから安心してね」

そう言うと、お文はとっておきの話をするというように、目をくりくりと動かした。

「あのね、小萩さんにちょっと見てほしいものがあるの。新しい菓子をつくったのよ。『福つぐみ』っていうの。評判いいのよ」

どら焼きの皮に似たやわらかな黄色い生地であんをはさみ、三角に折ったものだ。真ん中がぷくりと膨らんでかわいらしい姿をしている。

お文の人柄を感じるような菓子だった。

「卵を多く入れて、口当たりをよくしたの。やわらかい生地だから片面だけ焼いている焼き色のついた面を内側にしてあんをはさんでいるのだ。

小萩はひとつつまんで、口に入れた。

生地はふんわり卵の香りがしてふわふわとしている。中は粒あんでぽってりとしてやわらかい。

「おいしい。それにかわいい。お文さんが考えたの？」

「私だけじゃなくて、見世のみんなで相談して。実はね、品数を思い切って少なくしたの。

餅菓子と生菓子をやめて、今はこの福つぐみとおはぎ、最中と羊羹が少し」

千草屋の主人の作兵衛は足が悪くなって以来、ほとんど仕事場に立たない。安治《やすじ》という昔からいる職人と見習いの一太《いちた》で回している。お文は見世に立ち、台所仕事に掃除、洗濯と家のいっさいを受け持っている。

安治は作兵衛と同じくらいの年なので、大福や団子などの餅菓子の餅をつくのがつらくなった。だが、一太やお文では力が足りない。

一方、生菓子は手間がかかるうえに日持ちがしない。

以前、若い職人を入れて金を盗まれそうになったことがあったから、新たに人は入れたくない。器量よしのお文に入り婿《むこ》の話がないわけではない。作兵衛が伊佐を気にいって、預かりたいと言ったこともある。その話は、伊佐が牡丹堂に残りたいと断ったのだが。

今、お文は父親が大切にしてきた千草屋を自分の力で守っていきたいと考えている。そうして出した結論が、今ある人数で回せる品物を、手堅く売っていくという商いなのだ。

「おはぎとか、どら焼きとか、一品がとてもおいしくて有名で、それだけをつくっているお見世ってあるでしょ。ああいう見世にしたいのよ。大福もお団子もよく売れていたから心配だったんだけれど、思い切ってやめたら、材料も余分に買わなくてもいいし、安治さんも体が楽だって喜んでくれる。それに、私も仕事場に立ちたいし」

「そうなの？」

驚いてお文を見た。

「小萩さんを見て、そう思ったの。職人さんの手が足りないなら私が仕事場に立てばいいんだって。自分でつくってみると、菓子のことがよく分かるのね。家の仕事の方は手伝ってくれる人を頼んだわ」

お文は自分たちで工夫したというおはぎを見せてくれた。

粒あんにきなこにごま、くるみ味噌とみたらしを加えた五種類だ。少し小さめの品のいい姿で箱に入れて進物品にもなる。

「おはぎが案外よく売れるのよ。もう少し福つぐみが出るようになったら、最中と羊羹もやめちゃう」

きっぱりと言った。

かつて千草屋は神田で名の知れた菓子屋だった。婚礼の引き菓子や贈答品などを得意として、何人も職人を抱え、手広く商いをしていた。だが、二十年ほど前に火事のもらい火で見世を失った。作兵衛は一からやり直すと言って今の場所に見世を構えた。だが、昔のような商いはできず、おはぎや団子など、普段使いの菓子を扱った。

作兵衛自ら仕事場に立ち、前の見世からたったひとりついて来た安治という職人とともに菓子をつくっていた。ほかには見習いの一太。

数年前に作兵衛の妻が亡くなり、以来、お文は家の仕事をしつつ、見世に立ってお客の相手をしていた。

それでも作兵衛には、華やかだったかつての千草屋を復活させたいという夢があった。いつか。いつの日にか。

そんな思いを抱いていた。

「だけど、私は昔の千草屋を知らないもの。おとっつぁんから聞く千草屋の話はおとぎ話みたいに思える。私にとっての千草屋はおとっつぁんとおっかさん、それに安治さんや一太がいる、この小さな千草屋。これを守っていきたいの。ううん、守るんじゃないわね。私らしい見世にしたい」

お文は変わった。強くなった。と、小萩は思った。

一年ほど前、作兵衛が足をねんざし、伊佐が手伝いに行ったことがある。伊佐の働きぶりを見た作兵衛は、見世に来てほしいと言った。

ゆくゆくは婿に入って、千草屋をもり立ててほしいということでもある。

お文は器量よしで気立てのよい、働き者だ。今でこそ、小さな商いだが、千草屋の名は通っている。願ってもない良い話だと、弥兵衛やお福は話を進めようとした。

伊佐とお文が語らっている様子を見て、小萩はあれこれ気をもんだものである。

だが、伊佐はその話を断った。自分は牡丹堂が好きだ。これからも牡丹堂で働きたいと言ったのだ。お文が本当は伊佐のことをどう思っていたかは分からない。だが、話は立ち消えになったままだ。

ただのねんざと思っていた作兵衛の足は思いのほか悪く、以前のように仕事場に立てなくなった。

安治も若くはない。

一太が職人として働けるようになるには、まだ時間がかかる。

千草屋の屋台骨を背負うのはお文となった。

今の自分たちにできること、この先の十年、二十年後、どういう見世にしたいのか。真剣に考えた末のことだろう。

二人が話をしている間にもお客が次々とやって来る。

「おはぎをひと箱お願い」

「明日の分、福つぐみを二十個ね。ほかに家で食べるから六個」

お文は笑顔で応対し、手際よくさばいていく。

「お文さんは色の黒い、髷がいつも変な方向を向いているお菓子好きのお侍さんを知っている？　お魚のはぜみたいに大きな目が少し飛び出して口が大きいの」

「ええっ、そんなおかしなお侍、うちに来たことないわ」

お文は笑い出した。

「そうか、残念。じつは、その人はとってもお菓子が好きなの。しかも、じつは山野辺藩の留守居役で、いろいろなことをよく知っているし、これからどんどん偉くなる人なんですって。もし、今度、その人にどこかで会ったら千草屋に行くように勧めるから。きっとおいしいって喜ぶ」

「いいお客さんになってくれるかしら？」

「もちろんよ。知り合うといいことがある人なの。まぁ、少し無茶なことも頼まれるけど。この前は『書けない戯作者に台本を書かせる菓子』という注文だったの」

「まぁ。それでどんな菓子をつくったの？」

お文は興味津々という顔になった。

牡丹堂に戻ると、徹次たちは生菓子をつくっていた。

「猫の菓子はどうだった？　喜ばれたか？」

徹次がたずねた。

「短冊は喜ばれたんですけど、お菓子の方はちょっと……」

小萩は同じ説明をする。

「かわいすぎて食べられないって泣かれたのかぁ」

伊佐が型に葛を流しながらため息をついた。

「そう」

「そのみいちゃんってのは、小さい猫なのか？」

幹太がたずねた。

「強くて大きな雄の虎猫だって。野良猫が縁側においていった子だったけど、今は近所の親分格になっているって」

「ふうん。ちょっとした『鴻池《こうのいけ》の犬』だな」

出来上がった菓子を番重に並べながら留助がにやにやした。

『鴻池の犬』というのは落語の人情噺である。鴻池というお大尽《だいじん》に拾われた黒犬は、いい餌をもらって強い犬になり、近所の親分格になっている。ある日、ほかの犬にいじめられている痩せた犬を助けると、なんとそれは生き別れた兄弟であった……。

「菓子を考えるより、そのみいちゃんによく似た猫を捜した方が早かったんじゃねぇのか」

幹太が口をとがらせた。

「元が野良なら、よく似た兄弟もいるかもしれねぇな」

伊佐は首を傾げた。

「別に虎猫なら、なんだっていいんだろ。とっかえても分からねぇよ」

留助が例によっていい加減なことを言う。

「かわいがっていた猫なのよ。分かるわよ」

小萩が返す。

「猫なんか、どれも同じだよ。案外、こっちの方がかわいいなんてことになるかもしれねぇぞ」

留助がまぜっかえした。

突然、仕事場の隅で片付けをしていた清吉が大きな声をあげた。

「取り換えるなんて言わないでください」

みんなは驚いて清吉の方を見た。

清吉がそんな風に感情を露《あら》わにしたのは、牡丹堂に来て以来、はじめてのことだった。

「一生懸命働きます。だから、突っ返すなんて言わないでください」

「どうしたんだ、清吉。これは猫の話だ。だれも、お前を取り換えたり突っ返すなんて言ってないぞ」

伊佐がやさしい声で言った。

「だけど、だけど……」

顔を真っ赤にして大粒の涙を流している。

「そうだな。清吉はここに来たばっかりだ。心配するのも仕方ないな。だけど、大丈夫だ。帰すことはない。ずっとここにいていい」

徹次がなだめた。

「分かったから、もう泣くな」

幹太が清吉のそばに寄って、背中をなでた。

清吉の身の上話は嘘が多い。菓子屋にいたのも作り話なら、甲州で生まれたというのも本当ではない。みんなも、それに気づいていた。

どこにも行くところがなくて、牡丹堂に来たのかもしれないし、もしかしたら、もっと何か特別な事情があるのかもしれない。

けれど、清吉は気だてのいい子だ。一生懸命だ。

縁あって二十一屋に来たのだから、これからも仲間として働いてもらう。

そんな風にみんなは思っている。

夕方、小萩が買い物に出ると、清吉が路地の先で表通りを眺めていた。

「清ちゃん。通りを見てたの？」

小萩が声をかけると、清吉は慌てたように振り返った。

「いいのよ。私も日本橋に来たばかりのころ、よく、ここに来て、通りを歩く人のことを見ていたから」

日本橋の大通りはいつもにぎわって、たくさんの人が歩いている。天秤棒《てんびんぼう》に魚や野菜を入れたかごを下げて売り歩く棒手《ぼて》振りに、二本差しの侍、供を連れた武家の奥方、大きな荷物をかついだ旅人、子供が走り、犬が駆け抜けていく。

「面白いよね。いろんな人が通るから、飽きないよね」

清吉はこくんとうなずいた。

「川上屋の若おかみのお景さんを知っているでしょ。最初の頃、あの人は自分で仕立てた着物を着て、この通りを歩いていたんだよ」

隣の味噌問屋で働いていたお絹《きぬ》にとびっきりお洒落な人がいると言われて、江戸に出てきたばかりの頃、この場所にやって来た。

行き交う人でいっぱいの日本橋の通りを、お景は背筋をしゃんと伸ばし、まっすぐ前を見て歩いていた。その日のお景は黒っぽい木綿の着物で襟元と袖口に真っ白な船来のレエスをあしらい、深紅の帯をしめていた。歩くたびに見える着物の裏地は夏の海のような明るい青だった。

黒っぽい地味な色合いの中で、お景の姿は人目をひいた。眉をひそめたり、振り返ってじろじろと眺める人もいた。だが、お景はひるまない。

まだ肌寒い冬の日だったが、そこだけ暖かな陽が射しているように見えた。

「これが日本橋の女の人か。お洒落をするとは、こういうことかと思ったの。その後、おかみさんに教えられた。何をしたいのか、それを見つけるのが大事なんだって。行先が決まっていれば、いつかはそこにたどり着く。山のてっぺんまで行かれなくても、景色は見られる。だけど、それが分かっていないと、他人に流されるだけだって」

最初はお景のやることに反対したおかみや番頭たちも、お景と同じ着物がほしいというお客がやって来たことで心を変えた。お景は自分流の着物の売り方ができるようになった。

「ここに立って通りを眺めていると、その時のことが思い出される。自分も頑張らなくっちゃって思えるのよ」

「おいらはただ……。ここに立っていると、会えるんじゃないのかなって思うんだ」

「だれに？」

清吉は困った顔になった。両親は死に、兄弟もなく、祖父とおじの家で育てられたと言った。だが、小萩はその言葉をうのみにしているわけではない。

「だれって……」

清吉は口ごもった。

「もしかして、おっかさん？」

小萩のあてずっぽうに清吉はびっくりした顔になった。

「こんなにたくさんの人が通るのだもの。おっかさんも来るかもしれないね」

「違う、違う」

清吉はあわてたように手をふった。それから少し考えて答えた。

「おっかさんじゃないけど、おっかさんみたいな人だ」

「そうか。じゃあ、その人に会えるといいね」

「うん」

清吉は無邪気に笑った。

二

五日が過ぎた。

その日もよく晴れた暑い日だった。

牡丹堂にお茂がやって来た。

「この間の饅頭、おいしかったよ。今度は私からお竹さんに羊羹を届けてほしいんだ」

あのときはかわいすぎて食べられないと言っていたが、本当に食べてくれたのだろうか。

小萩はお茂の様子をうかがった。五日前とくらべると、少し声に力があるような気がする。

「それはありがとうございます。羊羹も種類がありますけれど、どれにいたしましょう」

「小倉と黒糖を一棹《さお》ずつ。それから、最中を五個」

そう言って、お茂は小萩の顔をちらりと見た。

「じつはね。みいちゃんを見たという人がいたんだよ。あの短冊のおかげかねぇ。大きな雄の虎猫で、額に白い星があって尾っぽの先がかぎになっている。これはもう、みいちゃんに間違いがないいんじゃないかと思ってさ」

お茂の元気の理由はこれか。

「きっとみいちゃんですよ。よかったですね」

小萩もうれしくなった。

饅頭はともかく、短冊に効果があったらしい。たずねた甲斐があったということだろう。

「それでね、今日、いっしょにその猫を捜しに行ってくれないかい」

お茂は小萩の顔をじっと見つめた。

「私が、ですか？」

「うん。みいちゃんは、あたしが呼べばついてくるはずなんだ。だけど、前よりもだいぶ目が悪くなっていて遠目だと分からないかもしれないだろ」

かごを取り出した。呼べばついて来るなら、かごはいらないはずではないか。

「あの、いえ、でも……」

私は菓子屋だから、猫を捜すことまではできません。

その言葉がのどまで出かかった。だが、言えなかったのは、お茂が思いつめたような目をしていたからだ。

「大丈夫。いた場所は分かっているんだから、長い時間は取らせないよ」

お茂はきっぱりとした言い方をした。

菓子をたくさん買ってくれたのは、いっしょに来てほしかったからか。

困ってちらりと奥を見ると、須美が出て来た。

「じゃあ、早く行かないと。また猫ちゃんは別の場所に行ってしまうかもしれませんねえ」

「そうなんだよ。あの子は足が速いからさ」

須美はこちらは心配ないから、行ってくださいという顔をしている。

「じゃあ、とりあえず、そのあたりに行ってみましょうか」

小萩はお茂の勢いに押された形で受けた。

日本橋を渡り、室町通りをまっすぐ進み、今川橋を渡ると神田になる。東に進むと、細い通りに商店が並ぶ界隈になった。

真夏の太陽が照らし、足元に濃い影をつくる。少し歩くだけで汗が出た。

「みいちゃんに似た猫を見たって言うのは、このあたりなんだよ」

お茂が言った。

「結構、遠くですねぇ。猫って、そんなに遠くまで出歩くもんなんでしょうか」

「でも、家からはまっすぐの道なんだよ。雌猫を追いかけて、遠くに来たってことはないかねぇ。気がついたら帰り道が分からなくなっていたとかさ」

お茂は急に悲し気な顔になる。

帰りたいけど、帰れないということか。

小萩は八百屋の見世先に座っていた女にたずねた。

「このあたりで虎猫を見ませんでしたか。大きな猫でしっぽがかぎになっていて、額のところに白い星のような模様が入っているんです」

「虎猫なら、あっちこっちで見るけどねぇ。額に白い星ってのは知らないねぇ」

女は首を横にふった。

あちこちでたずねたが、同じような答えが返ってきた。

「みいちゃんはいませんねぇ」

「いないねぇ」

そよとも風が吹かず、額から汗がしたたり落ちる。

「みいちゃんらしい猫を見たっていう人は、たしかにこのあたりだと言ったんですか？」

小萩はたずねた。

「うん。そうだよ。白い模様があったから間違いないっていうんだ」

「そうですか」

通りを行ったり来たりしたが、猫の姿は見えない。どこかで昼寝をしていて、涼しい夕方にならないと出てこないのではあるまいか。

「少し休みましょうか」

近くの茶店に入って、冷たい水をたのんだ。

「ああ、生き返るね」

お茂が言った。

「そうですね」

小萩も同感だ。

いったい、自分は何をしているのかと思う。だが、考えてみれば、お茂は五日前、みいちゃんの思い出を語って泣いた。それが、こうやって暑い最中《さなか》にみいちゃんを捜して歩き回っている。

確実に元気を取り戻しているのだ。

これで、みいちゃんが見つかれば万々歳だ。

間違っても、死んでしまったということがないように。

小萩は心の中で祈る。

「あたしの元気がないのを心配してね、息子たちがね、いっしょに住まないかって言ってくれたんだよ」

「親孝行な息子さんたちですね」

「ああ、そうなんだよ。ありがたいなとは思うんだけどね……」

長男は跡を継いで大工の棟梁となっている。

「あの家は子供が五人もいてね、上は十五で、下は七つ。そのほかに見習いの子が二人いる。大家族なんだよ。孫がかわいいっていうのは二日、三日の話でさ、毎日となるとねぇ。走り回るし、兄弟げんかがはじまるしさ、騒がしいんだよ」

二番目は魚屋になった。

「魚屋っていうのは朝が早いだろ。大工だって朝は早いけど、その比じゃないもの。このごろ、朝が弱くなってさ。一家の主が起きているのに、あたしがぐーぐー寝ているのも申し訳ないだろう」

三番目と四番目も大工である。

「三番目のは、やさしい、いい嫁さんなんだけど、掃除が嫌いでね。隅のほうにほこりがたまっている。あたしはそういうのが気になる質《たち》なんだ。気になるけど、そういうのを言っちゃあまずいだろ。いらいらするよ。そこにいくと、四番目のとこの嫁は気性がしっかりとして、何でも手早くていいんだよ」

「それは、いいじゃないですか」

小萩は思わず膝を乗り出す。

「だけどさ、母親を早くに亡くして、父親が男手ひとつで娘を育てたんだ。その恩があるから、父親も呼んでいっしょに住んでいる。嫁の父親がいる家に、亭主の母親が来るっていうのも、おかしなものだろう」

「まぁ、そうですけど」

そんなわけで、行くところがない。結局、今のまま一人暮らしがいいということになる。

「なかなかうまくいきませんねぇ」

「そんなもんだよ」

お茂は笑った。

その時、目の端を猫がよぎった。

「あれ、おかみさん。今、猫がいたような」

見回すと、板塀のところに虎猫がいる。

「ほら、あれ、みいちゃんじゃないですか」

小萩が指さした先をお茂は目で追う。

塀の上に大きな虎猫がいて、悠々と毛づくろいをしていた。

「みいちゃん。みいちゃんだよ」

お茂は飛び上がった。そのまま走り出そうとする。

「危ないですよ。あわてたらだめです」

小萩は茶屋に金を払い、猫を入れるかごを抱いてお茂を追いかけた。

意外な速さでお茂は駆けていく。

物音に気づいた猫はするりと板塀の向こうに降りて、どこかに姿を消した。

「あれ、消えた」

「どっちに行きました？」

あたりを見回したが、猫の姿はない。

「みいちゃんでしたか？」

「ううん」

お茂はうなった。

「少し違うような気がする。あの猫はみいちゃんより若かった。みいちゃんは頭がもっと大きい。それに額の白い模様がなかった」

「そうですかぁ。みいちゃんじゃ、なかったですか」

「うん……。そうだねぇ。やっぱり違う」

お茂は落胆して肩を落とした。

二人で元来た道を歩き出した。

「みいちゃんはどこにいるんだろうねぇ」

「今日はこれぐらいにしますか？」

「そうだねぇ」

そう言いながら、まだあきらめきれないというように、あちこちを見回す。

「明日、また、来てみたらどうですか」

「そうかい。また、明日、来てくれるかい？」

お茂はうれしそうな声をあげた。

「いや、そうではなくて……」

小萩は口の中でもごもごとつぶやいた。


小萩はお茂を家まで送って今川橋まで来た。そのまま進むと、お茂の家がある界隈だ。

しばらく歩くと商店はなくなり、仕舞屋《しもたや》が並んでいる。

角を曲がればもうお茂の家だ。

「あ、みいちゃん」

突然、お茂が叫んだ。

よく太った雄の虎猫が石垣の上をゆうゆうと歩いている。お茂の声に振り向くと、しっぽで挨拶をして、そのまますたすたと過ぎていく。

小萩とお茂が追いかけると、虎猫はするりと塀から降りて一軒の古い家に入っていった。

「みいちゃん、みいちゃん」

お茂は門の前に立って呼んだ。

「みいちゃん、こっちだよ戻っておいで」

小萩も言った。

みいちゃんはくるりと向き直って座った。

「どうしたんだよ。迎えに来たんだよ」

お茂がなおも声をかける。

「なんだよ。騒がしいなぁ。なにか、用か？」

家の中から男が出て来た。

肉の厚い四角い顔で、浴衣《ゆかた》の前はだらしなく開いて胸が見えた。お茂と同じくらいの年頃に見えるが、腕も足も太く、力のありそうな体をしていた。

「うちのみいちゃんが、お宅に入っていったので呼んでいたんです」

「みいちゃんって、あの猫のことか？　あの猫なら、前からちょくちょく遊びに来ていたが、ここ半月ばかり居ついている。トラって呼んでいる」

男が言った。

半月……。

みいちゃんはお茂の家を出て、この男の家で暮らしていたのか。

「あれはみいちゃんだよ。あたしが子供の頃から大事に育ててきた猫だ。あんたの猫じゃない。返しとくれよ」

お茂が悔しそうな顔をした。

「なんだよ。それじゃあ、まるで、俺が猫を盗ったみたいじゃねぇか」

男が気色《けしき》ばんだ。

「うちの猫だから、うちの猫だって言っているんだよ」

お茂が強い口調になった。

「知らねぇよ。勝手に来たんだ。おい。ここは俺の家だからな。勝手に入って来るんじゃねぇぞ」

男は本気で腹を立てていた。

障子を開け放った縁側から家の中がよく見えた。部屋には、朝だか、昼だかに食べた皿小鉢が散らばっている。その奥には昼寝でもしていたのか、薄い布団のようなものが丸めてあった。その脇には酒とっくりやら野菜を入れたかごがあり、釣竿も転がっている。脈絡なく、いろいろなものがごちゃごちゃとある家だ。物を片付けるという気持ちがそもそもないらしい。

みいちゃんはひらりと縁側にあがると、畳に広がったものたちを器用によけて、半ば開いた押入れの上段に飛び上がり、積みあがった荷物の間に香箱座りをした。

「おう、トラ。そこがいいか。そうだな。そこがお前のお気に入りだ」

男は得意そうに言った。

みいちゃんは小さなあくびをして目を閉じた。

「な、ほら、そうだろ。トラはここが気にいってるんだよ。あんたの家より、居心地がいいんじゃねぇのか」

からかうように言った。

その瞬間、お茂の目が大きく見開かれ、次の瞬間、表情が消えた。

くるりと背を向けると、歩き出した。

「なんだよ、みいちゃんの奴、がっかりだ。こんなに心配してたのにさ。そんなにこのぼろ家がいいなら、もう二度と帰ってこなくていいよ」

それから何も言わなくなった。

家に戻ると、お茂は体の力が抜けたみたいに座り込んだ。

「どうしたんですか。しっかりしてくださいね。ともかく、みいちゃんが見つかってよかったじゃないですか」

台所の水瓶《みずがめ》から水をくんで差し出した。

冷たい水を飲むと、お茂はひと息ついたようだった。

台所に行って気づいたのだが、男の家はお茂の家の真裏である。猫なら塀を越えるだけだ。

「みいちゃんにしたら、おかみさんの家の続きと思っているかもしれませんよ」

「知っているよ。あの親父は源蔵《げんぞう》っていって元は左官の棟梁だよ。かみさんを亡くして、もう何年もやもめ暮らしだ」

「じゃあ、大丈夫ですよ。だってお茂さんはやさしいし、ご飯もおいしい鯵なんですよね。それなら、絶対に戻って来ますよ。こっちの家のほうが絶対に居心地いいですもの」

黙ってうなずいている。

やがて、小さな声で言った。

「今日はありがとうね。もう、帰っていいよ」

いったい何が起こったのだろう。

小萩はどうしていいのか分からなくなった。

その足でお竹をたずねて、話を聞いてもらった。

「じゃあ、みいちゃんは、裏の家にいたのかい？」

「はい。半月前からその家に出入りしていたそうで、トラって呼ばれてました」

「居場所が分かってよかったじゃないか」

「私もそう思ったんですけど、裏の男の人とちょっとした言い合いになって、それから急にだまってしまって……」

「男がなにか言ったのかい？」

「それが……」

お茂の様子が変わったのは、「あんたの家より、居心地がいいんじゃねぇのか」と言われたときからだ。

――あんたの家より、居心地がいいんじゃねぇのか。

お竹は深いため息をついた。

「かわいそうに。そりゃあ、腹を立てるさ」

困ったねぇという顔をして、お竹は小萩にお茶をすすめた。

「もう、二十年も前の話だよ」

大工の棟梁は稼ぎもいいが、その分、遊びも派手というのが通例だった。施主に誘われて飲み食いにいくし、若い大工たちの面倒を見ている。

そういうものだと周囲にも言われていたし、外でのあれこれを家には持ち込まない人だったからお茂も黙って亭主に仕えていた。

ところが、その亭主が一度だけ本気になった女がいた。

相手は深川の元芸者の女で、亭主は女にすっかり夢中になって家に戻らない。

「仕事場にも女の家から通っている。さすがのお茂さんも腹に据えかねて女の家に乗り込んだ」

女が出て来た。どうやら奥の部屋に亭主がいるらしい。

お茂も気が強いから言い合いになった。

その時、女が放った一言が、これだ。

――あんたの家より、うちの方が居心地いいんだよ。

深川の元芸者の顔が浮かんだのかもしれない。

「まあ、それからいろいろあって結局、元のさやにもどったわけだよ。それからはそういう騒ぎはなくてさ、仲良くやっていたよ。まぁ、あのしっかり者のお茂さんも、そのときは相当こたえていたね。そうかい、そうかい。……それで、猫は戻ってくる様子はないのかい」

お竹は心配そうにたずねた。小萩に頼みたいという顔をしている。

「分かりました。私が行って頼んでみます。お茂さんが大事にしていた猫だから、返してくださいってお願いします」

「そうだねぇ。悪いね。頼まれてくれるかい。手みやげのお代は出すからさ」

お竹は言った。

翌日、小萩は手みやげの最中を持って源蔵の家に行った。

「なんだよ。ねぇさん、また、猫の話か？」

出て来た源蔵は風呂上りらしく、さっぱりとした顔をしていた。洗い立ての浴衣を着て、髷もきれいに整えている。男前とは言わないが、感じは悪くない。

「すみません。ちょっと話を聞いてもらえませんか」

小萩は菓子折りを手渡した。

「中は散らかっているから、そこの縁側でいいかい？　面倒な話はなしだよ」

「はい」

二人で縁側に座った。

「昨日はすみませんでした。ずっとみぃちゃんを捜していたんで、やっと見つかってつい、私たち、夢中になってしまったんです」

「まあ、そんなことだろうとは思ったけどね」

源蔵は不機嫌そうな顔になった。

「あの猫はお茂さんの家に野良猫が置いていった子で、それからずっと大事に飼っていたんだそうです」

「ふうん」

源蔵は小萩を見て、たずねた。

「それで、あんたはばあさんの身内かなんかかい？」

「いえ、そうじゃなくて……」

小萩は半月も猫の姿が見えなくて、お茂さんの元気がないから、菓子でも持って行ってくれと頼まれ、その縁で、猫を捜すことになったと伝えた。

「なんだい、じゃあ、あんたは菓子屋なのかい」

「そうです。日本橋の二十一屋という見世です」

「それで、猫を捜すのまで手伝ったのか。暑いのにご苦労だったねぇ」

源蔵は少し表情をやわらげた。

「猫を返してもらうことはできませんか?」

「返すも返さねぇも、トラは勝手にうちに来るんだ。そういうことは、トラに聞いてくれ」

トラは部屋の隅で長々と伸びている。

「いやさ、ばあさんがかわいがってた猫だって知らなかったんだよ。勝手にうちにあがって来て、俺が食べてたいわしを欲しそうな顔するからちょっとやったら、それから来るようになった。酒の相手にちょうどいいんだよな」

源蔵も猫に話しかけるクチらしい。

「あんた、あのばあさんのこと、どう思う?」

「ご亭主を亡くされて一人暮らしなのに、身ぎれいに暮らしていらっしゃると思いました」

「要はしっかり者ってことだろ。しっかりしすぎて、怖いくらいだ。うっかり、おばあちゃんだの、ご隠居なんて言うと、追い返されるぞ」

「知ってます。でも、そのお茂さんがみいちゃんがいないって、しょげていたんですよ」

「へぇ。鬼のなんとかってやつだ」

源蔵は下唇をちょいと出した。

「もし、トラがいいよって言ったら、時々はお茂さんのところに寄こしてもらえますか」

「ああ、かまわねぇよ」

小萩はトラに声をかけた。

「トラちゃん、ここが好きなのは知っているけど、ときどきは、お茂さんのところに顔を出してね」

猫はしっぽだけで挨拶した。

源蔵はよっこらしょと立ち上がると、トラを抱えて小萩のところに戻り、小萩の腕の中においた。

「ばあさんに頼まれちゃ、しょうがねぇや。こないだは、ひでぇことを言っちまって悪かったな。腹にはなんにもねぇんだけど、昔っから口が悪いんだ。つい、喧嘩腰になっちまう。おい、トラ、また来いよ」

源蔵は言った。

小萩はずっしりと重い猫を抱えてお茂の家に行った。

「みいちゃんは、やっぱりお茂さんのところがいいそうですよ」

小萩の言葉が終わるより早く、お茂は立ちあがった。

「あ、みいちゃん。帰って来たんだねぇ」

お茂は猫をぎゅうぎゅうと抱きしめた。

三

とりあえず、小萩の猫捜しの仕事は終わったようだ。

あれこれ考えながら歩いていると、道の先に幹太と清吉の姿があった。

「おう、おはぎ、これから清吉と天ぷらを食べに行くんだ。おはぎも来るか」

幹太は清吉という弟分ができて、最近はすっかり兄貴風を吹かしている。

川沿いに天ぷらの屋台が出ていた。ほどよい大きさに切ったいかにばか貝、なすにれんこんが並んでいて、注文するとその場でころもをつけて揚げてくれる。

「俺はたことなすだな。清吉はどうする？」

幹太は慣れた調子で頼む。

「紅しょうがで」

一番安そうな紅しょうがを選んだ。

「ひとつでいいのか。いかも食べな」

小萩はいかとれんこんを頼んだ。

屋台の親父はいかに串を刺すと、器用にころもをからめて揚げ鍋に入れた。じゅうっと音がして小さな泡が浮かんでくる。油の匂いが漂う。

揚げ立てのいかを手にして、清吉の目は糸のようになった。

口に入れるところもがぱりぱりと香ばしく、中のいかはほんのりしょっぱくてやわらかい。

「うめぇ」

「うまいだろ。この見世のはうめえんだ」

幹太は得意そうである。

家で揚げる天ぷらもおいしいが、やっぱり屋台の天ぷらは格別だ。

親父はなすを揚げた。れんこんも揚げ鍋に入れる。

紅しょうがはかき揚げに近い。刻んだ紅しょうがを混ぜたころもを、あらかじめせんべいのように丸く平らにのばしてあるのだ。

三人は揚げ立てを「アツ、アツ」と言いながら食べた。

清吉は来た時はあごがとがって顔が三角になるくらいやせていた。手足も細かったが、最近は毎日しっかりとご飯を食べているせいか、顔色もよくなって頬もふっくらとした。子供らしい顔つきになってきた。

「よし、行くぞ」

幹太が歩き出した。

清吉と小萩も後に続く。

今食べた天ぷらの味が口の中に残っていて、お腹も温かい。なんだか、幸せな気分だ。

「ちょっと、そこに座ろうか」

川端の柳の木の下にちょうどいい具合に石が三つある。そこに座った。

「お前、甲州の菓子屋に二年いたっていうのは、嘘だな」

幹太が言った。

清吉はぎょっとした顔になった。

「いや。そ、そんなことないです。本当だ。甲州の菓子屋に二年いました」

「そのわりには菓子のこと、何にも知らねぇじゃねえか」

へらを持って来いと言われて、玉杓子を持って行った。

羊羹の舟を洗っておけと言われて、きょとんとした。

菓子にさわらせてもらえなくても、仕事場にいれば何とはなしに言葉を覚えるものだ。

「甲州の方じゃ、名前が違うんです」

「嘘つけぇ。舟は舟だ。玉杓子をへらというとこなんかねぇよ」

清吉は何と答えればいいのか分からなくなって、口をぱくぱくさせている。

「甲州はずらとか言うんだろ。おめぇ、そうずらなんて、言ったことねぇよな。お前、甲州生まれじゃねぇよな」

言い逃れできないと思ったのだろう。涙をためた。

「すみません。すみません。許してください」

「もう、分かったから。幹太さんも、そのくらいで許してやってよ。清ちゃんも、牡丹堂を断られたら、もう行くところはないって口入屋に言われて、それで困って菓子屋にいたことがあると言ったのよ」

小萩が助け舟を出したので、清吉の表情が変わった。

「そう、そうなんだ。あっちこっちで体が小さいとか、子供はいらないとか断られて、だけど、おいらは帰るところがねぇんです」

「甲州の菓子屋も、おじさんの家もみんな、嘘なんだろ。お前、今までどこにいたんだよ。料理屋か」

「料理屋じゃない。両国にある家で、おいらみたいな親のない子供がいっぱいいるんです」

「お前はいつからそこにいる」

「赤ん坊のときから。親の顔は覚えてないです。橋の下に捨てられていたのを拾ったって聞きました」

捨て子を引き取って育て、大きくなったら売ることを商売にする者がいると聞いたことがある。清吉はそういう家にいたのだろうか。

「年はいくつだ。十二っていうのも嘘だろ」

「ほんとは……十です。そこでは、十になると男は奉公に出されて、女はだいたい吉原とか、そっちに売られる。家の人と口入屋が相談して、おいらは牡丹堂に行くことになりました」

「まるで決まっていたような口ぶりじゃねぇか」

清吉は困ったように目をぱちぱちとしばたたかせた。

「でも、口入屋が牡丹堂なら大丈夫だって……」

おかみのお福は小さな子供を見るとほっておけなくなる。清吉はとくに体が小さくて、弱々しい。

この子なら牡丹堂は断らない。

そんな風に口入屋に思われたのだろうか。

「ちょっと待てよ。じゃあ、はなからうちをアテにしていたのか」

幹太の言葉に清吉はうつむいた。

「ちぇ。牡丹堂も甘くみられたもんだなぁ」

幹太は悔しそうな顔になった。

夕暮れが近くなって、涼しい風が三人の間を通り抜けて行った。

「お前、ときどき、路地に立って大通り見てるだろ？　あれは、何を見てるんだ？　だれかを待っているのか？」

清吉は目を大きく見開き、びくりと体を震わせた。

幹太も清吉が通りを眺めていることに気づいていたのだ。

「通らないかなと思って」

「だれが？」

「おっかさんみたいな人だって、言ってたでしょ」

小萩が助け舟を出す。

「なんだよ。おっかさんみたいな人って。どういう人なんだ？」

幹太がたずねた。

「ときどきやって来るきれいな女の人がいるんです。その人が来ると、大人の人たちはみんなぺこぺこ頭を下げる。偉い人なんです」

「なんで、その人がおっかさんみたいなんだ?」

「一度だけ、やさしくしてもらったことがあるんです」

「ふうん。なんか、食べさせてくれたのか?」

「そうじゃなくて。そういうんじゃなくて……」

清吉は顔を真っ赤にしてうつむいた。口をへの字に曲げている。

どうやら少し事情があるらしい。

「ま、いいか。ともかく、やさしくしてもらったんだ。だから、おっかさんみたいな人か」

それは清吉にとってはとてつもなく大きな特別なことなのだ。

「その人に会えたのか」

「いや、まだ……」

清吉はうつむいた。

「そのうち、きっと会えるわよ」

小萩は言った。

「おっかさんかぁ」

幹太はつぶやいた。

「いろいろ言ってもさ。がきのときは、おっかさんに会いたくなるんだよなぁ。俺もお袋を早く亡くしたからさ、お前の気持ち分かるよ。淋しいんだよな。とくに夕方とかさ」

そう言って清吉の肩をたたいた。

「みんなそうなんだぜ。伊佐兄もそうだよ。昔、伊佐兄に連れられて何度も一石橋《いっこくばし》に行った。あそこには迷子しらせ石標《せきひょう》があるんだ。伊佐兄はおっかさんが戻って来るのを待っていたんだよ」

迷子しらせ石標は、子供が迷子になったり、迷子を見つけたりした人が、その子の特徴を書いた札をおくための石のことだ。

伊佐は自分をおいて行った母親が行方を捜している、必ず戻ってくると信じていた。母親の札がないかと、幹太を連れて石標を見に行っていたのだ。

「伊佐さんはおっかさんと会えたんですか」

清吉がたずねた。

「会えたよ。ずいぶん後になったけどな」

幹太の答えに、清吉は安心した顔になった。

伊佐の母親が姿を現したのは、二年ほど前だ。それは、伊佐が願っていたのとは、ずいぶん違う再会だった。

だが、そのことを幹太は清吉に告げなかった。

「よし、分かった。お前のことはみんな聞いた。だから、これからは嘘も隠し事もなしだぞ。男と男の約束だからな。お前は二十一屋の子なんだからな。だれも帰すなんて言わない。ずっと大人になるまで、二十一屋にいるんだ。分かったよな」

「うん」

清吉は大きくうなずいた。

二日ほどして牡丹堂にお茂がやって来た。

「悪いけど、なんか、お菓子をみつくろってくれないかねぇ。裏のじいさんのところに持って行くんだよ」

「みいちゃんを返してくれたお礼ですか？」

小萩はたずねた。

「帰って来たっていうか……。あっちの家とうちを行ったり来たりしているんだよ。でね、何を思ったのか、あのじいさんが、なんだか鳥の名前のついたかわいらしいお菓子を持ってきたんだよ。どら焼きとはちょっと違うんだけどね、皮がやわらかくておいしかった。トラのことではきついことを言って悪かった。これからはご近所同士仲よくしようだって」

「そのお菓子、もしかして千草屋の福つぐみじゃないですか？」

「ああ、そう、そんな名前だった」

「まぁ、それはよかったですねぇ」

そばにいた須美が笑顔で言った。

「いいか悪いか分からないけど、もらいっぱなしっていうのも気持ちが悪いから、何か届けようと思ってさ」

「うちのお菓子でいいんですか？　お酒が好きだって聞きましたから、甘い物よりも、塩辛い方がいいんじゃないですか？」

小萩は余計なことを言った。

「いや。酒はだめだよ。そういうことじゃないんだ。こういうときは甘い物がいいんだよ」

なぜか、お茂は少しあわてた。

相変わらず地味な着物の襟元をきっちりと詰めた着つけをしているが、髪型が少し変わった。以前より耳のあたりをふっくらとさせている。そのせいか、お茂は若々しく見えた。

「お酒のあてにする方もいらっしゃるから、羊羹などはいかがですか？」

「ああ、そうだね。そうだ、そうだ。そうするよ」

お茂は羊羹の包みを抱えると、早足で帰って行った。

「ねぇ、それで、その裏に住んでるおじいさんってどんな人？　よさそうな人なの？」

須美がたずねた。

「左官の親方だった人で、顔が四角くて、手も足も太いです」

「猫にたとえたら、みいちゃんみたいな感じ？」

「ああ、そうです。そう、そう」

喧嘩の強い立派な虎猫だ。

「そう。それはいいわねぇ」

須美は楽しそうに答えた。

何日かして、神田に行く用事があったので、帰りに千草屋に寄った。お文が見世に立っていた。

「いなくなった猫ちゃんは戻って来たのね。お竹さんが喜んでいたわ。ありがとうございます」

お文はにこにこしている。

「お竹さんから聞いたんだけどね、お茂さんと裏に住んでいる人が猫友達になっているんですって。みいちゃん、トラって呼びながら、一匹の猫を貸したり借りたり」

「へぇ」

「猫のつなぐご縁なのよ」

お文と小萩は顔を見合わせて笑った。

父と娘の蓬莱山《ほうらいさん》

一

強い日差しが照りつける暑い午後、川上屋の若おかみのお景がやって来た。

薄青の紗の着物を着ている。経糸《たていと》と横糸の間に隙間を空けて、白い長襦袢《ながじゅばん》が透けて見える。帯には水辺で遊ぶ二羽の鳥が描かれている。涼しい風が吹きぬけるような着物姿だ。

「じつは、今度、新しい見世を開くことになりました。そこでお客様に出すお菓子をお願いしたいの」

「お景さんが自分の見世を持つんですか？」

小萩は思わず大きな声を出した。

「それは、すごいねぇ」

奥からお福が顔をのぞかせた。

「どんなお見世かしら、楽しみだわ」

須美もやって来た。

「私がお見世を出せたのは、二十一屋さんのおかげなんですよ」

お景は笑みを浮かべた。

嫁に来た当初から、お景は自分で考えた着物を売りたいと考えていた。だが、商いをしたこともない若おかみに何ができるかと、周囲は相手にしない。そこで、お景は自分で仕立てた着物を着て、日本橋の通りを歩いたのだ。

はっと目をひくような斬新な色や柄の組み合わせ、レエスや天鵞絨《びろうど》などの舶来《はくらい》の生地も取り入れる。姿のいいお景の着物姿は、若い娘たちの心をつかんだ。

帯と着物はもちろん、帯揚げ、帯締め、長襦袢もそっくりそのまま、全部同じものを買いたいというお客が次々に見世にやって来た。

お景のねらいは当たったのである。

だが、そうしたお客が増えるにつれて、古いお客から文句が出はじめた。

川上屋は老舗《しにせ》の大店《おおだな》である。培《つちか》われた歴史というものがある。どうして、あんなちゃらちゃらした流行《はや》りものを売るのだという客も多かった。

そんな声も無視できない。だが、お景についた新しいお客も大事にしたい。見世は頭を悩ませていた。

そんなとき、二十一屋が小萩庵という看板を出したのだ。お景と大おかみの富江《とみえ》は「そうだ、この手があった」と得心した。

「ちょうど裏に空き家が出たの。見世の名前は川上屋景庵《けいあん》。看板も小さくしてね、知る人ぞ知るっていう隠れ家のようにしたいのよ」

お景のことだ。見世の中も、凝った造りになっていることだろう。

さっそく奥の三畳に案内した。お福がおなじみさんとおしゃべりをする「おかみさんの大奥」も小萩庵の看板を出してからは、小萩が使うことも多くなった。

「今度は男の人のものも扱おうと思っているの。殿方だってお洒落がしたいでしょ」

江戸にはたくさんの男がいる。江戸詰めの侍もいるし、商用で来る者もいる。普段の着物なら古着屋もあるし、正式な場所で着る物を仕立てたければ川上屋などの呉服屋に行けばいい。

しかし、当世風の洒落た男の着物となると、どこに行けばいいのか分からない。

「今までも、時々相談を受けていたのよ。お兄さんやご亭主をもっとすてきにしたいとか、殿方からも自分に何が似合うのか分からないとか。だから、新しい見世では小物もおいて、ここに来れば誰でもお洒落になれるっていう風にしたいの」

根付《ねつけ》や財布など、小物に凝る男は多い。象牙《ぞうげ》や舶来の革を使っている上等なものは、相当に値がはるのである。

さすがにお景である。目のつけどころがいい。

小萩は舌をまいた。

「それでね、殿方向けの菓子もおいてみたいなと思って」

「菓子ですか？　自分で食べる？」

「そう。甘い物が好きな男の人って案外多いのよ。ちょっと小腹が空いたときとか、お酒のあてに楽しむ方もいるし……。ご自分で召し上がっていただくだけでなく、手みやげにも使っていただきたいから」

着物はもちろん小物に至るまで趣味のよいものでそろえるのである。手みやげにもそれにふさわしいものを選んでもらいたいということだ。

「手みやげって大事でしょ。たとえばね、とってもお洒落で、すてきな人なのに、おみやげにくださったものが、いかにも適当にそのあたりで買いましたっていうものだと、がっかりしない？」

「そうですねぇ。あ、いえ、気持ちですから何をいただいてもうれしいです」

小萩は答えた。

「まぁ、そうね。いただきものに文句を言っちゃいけないわ。そうじゃなくてね」

お景は説明を変えた。

「粋っていうのは生き方なの。だから、着る物だけがよくても粋な男の人にはなれないのよ」

「えっと、はい、それは分かります」

「でしょ。本物と偽物、上質なものとそうでないもの、長く大事にされるものとその場限りのもの、そういうものを見極める目を持っていないとね。だから、私はそういう人に選ばれる菓子を私の見世に用意したいの」

「はい」

話がだんだん難しくなっていく。

小萩は自分は話についていけているのだろうかと心配になってきた。

「つまり、そのお菓子は男の方が自分用に買うし、手みやげにもするわけですね。えっと、そうするとそれは、どういうときに使うんですか。たとえば、目上の方のお宅とか、盆暮れのご挨拶とか」

「小萩ちゃん」

お景が言った。

「それじゃあ普通でしょ。今ある羊羹と最中でいいじゃないの。私はそうでないときのことを言っているのよ」

どうやら頓珍漢《とんちんかん》なことを言ってしまったらしい。小萩は赤くなった。

「あのね。私が考えているのは、殿方がお心にある方に贈るお菓子なの」

「……と言いますと」

「もう、じれったいわね。私が言ってるのは、恋。恋がはじまるお菓子なのよ」

やっと少し分かった。

「だからって女の人が好きそうな甘いお菓子を考えないでね。こういうお菓子を選ぶのはどんな人かしら。きっとすてきな人なんだわ、もっとお話ししたいわって思わせるようなものよ」

つまり、どこにでもあるようなものではだめだ。

そうして、その男の人の値打ちをあげるようなものがいいのだ。

「たとえば、その男の人がすてきな煙草入れを持っているとしますよね。そうすると、それを見た女の人は、この方は趣味がよいし、それなりのお家の方かもしれない。お話がしてみたいと思うってわけですか？」

「そうよ、そうそう」

「私は、その煙草入れに相当するような、男っぷりが上がるようなお菓子を考えればいいんですね」

「そうよ。分かってくれたじゃないの。よかったわ。名前はもう考えてあるの」

お景は思わせぶりにほほ笑んだ。

「それはね、『西行餅』」

また西行か。

「聞いたわよ。戯作者の恋川さざ波にあの新作を書かせたのは小萩ちゃんでしょ」

「いや、そんなことはないですけど……どこから聞いたんですか？」

恋川に一夜の夢を見せて新しい芝居を書く気にさせたことは、当事者だけのひみつのはずである。

「そういうことは、ちゃんと耳に入るのよ。いいお菓子をお願いね」

小萩の肩をポンとたたいた。なぜか、お景が春霞に重なって見えた。


小萩は仕事場の徹次たちに相談した。

「なるほどなぁ。粋な男が手に取る菓子かぁ。さすが、お景さんだなぁ、考えることが人とは違う。そんなことを考えたこともなかったよ」

徹次はしきりと感心した。

「西行餅か。どんなものがいいんだろうな。ほかに、なにか、言っていたか？」

伊佐がたずねた。

「手みやげにするから持ち運びができて日持ちがいいもの」

「女はおちょぼ口で食べるから、食べやすくて、手とか着物が汚れないことも大事だな。せっかくの上等な着物が汚れると困るしよ」

留助がうなずく。

「男っぷりをあげるんだから、思い切って渋いつくりがいいな。甘さは控えめ、ほろ苦いとか、かりかりするとか。酒にも合うっていうのもいいかもな」

勘のいい幹太は早くも何かをつかんだらしい。

「まぁ、そんなところだな。それじゃあ小萩はまず自分で、いくつか考えてみろ。その後で相談に乗る」

徹次が言った。

「頑張れよ」というように伊佐がこっちを見た。

それから半時《はんとき》（一時間）ばかりたったころ、今度は若い娘がやって来た。

日本橋の薬種屋白虎屋《びゃっこや》の娘で、水江《みずえ》と名乗った。十五歳になるという水江はふっくらとした頬のやさしい面立ちをしていた。

「川上屋さんからご紹介いただいたのですが、こちらでは、お客の希望をきいて、お菓子を考えてくださるそうですね」

「はい。素人《しろうと》さんの落語会にお子さんたちのお仕舞の会、甘い物好きのご隠居さんの茶話会のお菓子といろいろご用意させていただきました」

小萩は答えた。

「若おかみさんが考えてくださるのですか？」

水江がたずねた。

「えっ」

若おかみという言葉が自分を指していると気づくのに、少し時間がかかった。

「あ、いえ、私は若おかみではありません。この見世で働いているものです。ただの使用人です。小萩と呼んでください」

あわてて否定した。

その時、須美がお茶とお菓子を持って来た。

「今日も暑いですね。葛桜《くずざくら》をお持ちしました」

ていねいにさらしたこしあんを透明な葛でくるんだ葛桜は井戸水でひんやりと冷やしてある。するりとのどを過ぎて、心地よい。

「まあ、おいしい」

水江は目を細めた。

「父も、甘い物が大好きなんです。あんこには目がなくて。今日は、父に贈るお菓子をお願いしたくてまいりました」

日本橋の白虎屋の二代目主人禄兵衛《ろくべえ》は六十歳、還暦を迎えた。

「これを機に兄が見世を継ぐことになりました。秋には正式のお披露目《ひろめ》の会をするつもりですが、その前に、ささやかながら身内の集まりをいたします。お披露目の会は兄が主役になりますが、今回は父に感謝を伝えるためのもの。家族でこっそり祝いの品を用意しているんです」

「それは、お父様も喜ばれることでしょうねぇ」

小萩が言うと、水江もこくりとうなずいた。

「私は菓子を考えるように言われました」

禄兵衛には、三人の子供がいる。

見世を継ぐことになった長兄の国太郎《くにたろう》は三十七歳で、妻と二人の子供がいる。次兄の角太郎《かくたろう》は三十四歳でこちらもすでに妻がおり、父や兄を助けて白虎屋で働いている。

禄兵衛は最初の妻を病気で亡くし、四十半ばで後添《のちぞ》いを迎えた。二人の間に生まれたのが水江である。

下の兄でも十九歳も離れている。

禄兵衛にとって孫のような娘が水江なのだ。

「祝いの品にはなにを考えていらっしゃるんですか？」

小萩はたずねた。

「着物です。母と兄が相談して、川上屋さんで仙台平《せんだいひら》の袴《はかま》と米沢《よねざわ》お召しの着物と羽織を誂《あつら》えることにしました。見世にいるときはいつも動きやすい木綿の着物で、寄り合いにもほとんど出ません。兄たちの婚礼のときも古い着物だったので、この機会にいいものを誂えようということになりました」

仙台平は袴の生地の最高級品だし、米沢お召しも礼装に使われる。格式も高く、どこに出ても恥ずかしくない組み合わせだ。

「反物を見せていただいたのですが、とっても素敵なのです。これを着たらおとっつぁんはとっても立派に見えるだろうと思いました。あ、今も立派なんですよ。でもね、お見世にいるときは忙しくしているから、木綿の着物なんです。おっかさんが、見世の主人なんだからもう少しいいものを着たらいいって言うのに、これでいいって」

話に夢中になると、「父」が「おとっつぁん」に変わって、水江の父を慕《した》う思いが伝わってきた。

禄兵衛は仕事熱心な男で、薬や病についての知識もとても豊富なのだと水江は言った。

たとえば、一口に疲れやすいといっても原因はさまざまで、体が疲れていることもあるし、心が疲弊していることもある。大きな病気が隠れていることも考えられる。

禄兵衛は顔色や手の温かさ、舌の色を見せてもらい、温かくして、ぐっすり眠ればいいですよと言うこともあるし、早く医者に診せたほうがいいと心配することもある。だから近所の者たちはへたな医者にかかるより、白虎屋に相談したほうが早いとやってくる。

「それだけでなくて、夜遅くにお医者さんからお使いが来ることもあるんです」

「お医者さんからですか?」

小萩は聞き返した。

もちろん医者も薬を用意している。だが、急な患者で手元に十分な量がないということもままある。そんなときは、夜中だろうが、明け方だろうが、白虎屋の戸をたたく。

「そんな場合にもすぐ動けるようにと、父は晩酌もいたしません」

責任感の強い人なのだ。

「薬屋は命を預かる仕事だというのが、父の口癖です。量を間違えると命にかかわるような強い薬もあるのです。そういう薬は手代さんには任せません。ふだんは鍵のかかる部屋に厳重にしまってあり、扱うときは父と古くからいる番頭さん、兄たちで、何度も確認しながらすすめます」

「それは、気を遣うお仕事ですね」

「はい」と答えた水江は少し誇らしげに見えた。

「千両箱は重くて運べないが、高麗人参《こうらいにんじん》千両分なら、女一人で持つことができるとも言います。もちろん、白虎屋にはそんなにたくさん高麗人参をおいてありませんけれど」

高麗人参は高価だ。だが、重い病となれば、そうした薬を用いることになる。病気の親を助けるために身を売る娘もいると聞くし、薬代欲しさに泥棒をしたり、見世の金に手をつけたりする事件も起こっている。

「では、強い薬や高価な薬はお父様やお兄様が先方に直接届けるんですか？」

「はい。ずいぶん前のことですが、白虎屋でも薬を盗まれそうになったことがあったそうです。それ以来、大事な薬はかならず父が自分で持って行きます。一人ではなく、兄や番頭を伴って」

幸せなことに小萩は体が丈夫だ。

だから、薬種屋に行くのは、せいぜい腹痛に歯痛、切り傷である。腹痛ならなんでも効くという神効丸《しんこうがん》とか、万病に効くという錦袋圓《きんたいえん》を買って飲む。

薬種屋がそんなに責任の重い、緊張感のある仕事だとは思ってもいなかった。

「兄たちは薬種屋としての心構え、言葉遣い、立ち居振る舞い。何百とある薬の名前と効能、使い方は徹底的に教え込まれました」

そこで、水江は大きく息を吐いた。

「母や兄たちにとっては、父は厳しい先生のようなものです。うっかりしたことを言うと叱られるので、父がいるときはみんな緊張でぴりぴりしています」

そこで水江はくすりと笑った。

「私といるときは少し違います」

「水江さんには甘いんですね」

「はい」

にっこりと笑った。

それはそうだろう。

四十を過ぎて生まれた子供だ。しかも、二人の息子の後の女の子。

かわいくないわけがない。

「二人で散歩に出かけたりすると、みんなには内緒だよといって、茶店でお饅頭を食べるんです」

　水江は急にまじめな顔になった。

「私は子供の頃からみんなに言われていたんです。『あんたが大人になるときには、お父さんはいるのかねぇ。お嫁に行く姿を見せられないかもしれないね』って」

　大人はときに残酷なことを言う。

　人生五十年。六十なら還暦だ。

　体を壊していてもおかしくないし、還暦を迎えられないことも多いのだ。

　だが、そんなことをわざわざ娘に伝えることはないではないか。

「私が五つか六つの頃、父と同じ年の方が重い病気になって、家でもよくその話が出ていたんです。おとっつぁんも、病気になるかもしれない。大好きなおとっつぁんが死んでしまうことを考えると、怖くて怖くて眠れなくなりました。夜中にそっと起きて、おとっつぁんの部屋に行くと、灯りがついているんです。おとっつぁんは、本を読んでいました」

　水江の姿を見て、禄兵衛は声をかけた。

　――どうしたんだい、眠れないのかい。

　幼い水江が黙っていると、重ねてたずねた。

　――怖い夢を見たのか？　じゃあ、こっちにおいで。

「私が傍にいくと、おとっつぁんは私を膝にのせて、『じゃあ、水江がよく眠れるように、面白い話をしようね』って言いました。そのとき聞いたのは、こんな話です」

二人の旅人が小田原にでかける。

宿の風呂は五右衛門風呂である。全体が鉄でできていて、入る時は浮いているすのこを踏むのだ。

二人は五右衛門風呂の入り方を知らない。

——ところが、最初にすのこを外してしまっていたんだよ。だから、足が熱くて入れない。

『おい、どうするんだ』

『どうするったって、お前、しょうがないだろ。お、そうだ。下駄があるじゃねぇか。おめぇ、これをはいて入れ』

言われて一人が下駄をはいて入った。

『おう。これでいいや。おめぇ、頭がいいな。だけど、ちょっと湯がゆるいぞ』

『よし、きた。待ってろ。今、炊いてやる』

せっせと薪《まき》をくべて火を燃やしはじめた。

『ああ、いい湯だ。あれ、ちょっと熱いぞ。もう、いいよ。やめてくれ。おい。聞こえねぇのか。熱い。熱いよ。あっち、あっちっち。熱いってば』

ばしゃり。熱い湯をかけた。

『あ、おめぇ、俺に湯をかけたな。こっちが親切に風呂を沸かしてやってんのに。なにしやがんだ』

『だから、風呂が熱いんだよ。聞こえねぇのか、ばか』

『ばかとはなんだ。ばかという奴がばかだ』

ばしゃり。

『熱《あち》っ。また湯をかけたな。よし、こうしてやる。ぽかり』

『いてぇ。なぐったな。お返しだ』

ぽかり。ぽかり。ぽかぽか。ぽかり。

とうとう釜の底が抜けて、お風呂の水がじゃあ、じゃあと流れ出た。

「おとっつぁんは、その様子を身振り、手振りを交えて真似《まね》するの。私、お腹を抱えて笑ってしまった」

小萩もその話を知っている。

十返舎一九《じっぺんしゃいっく》の『東海道中膝栗毛《とうかいどうちゅうひざくりげ》』だ。弥次《やじ》さん喜多《きた》さんが江戸から伊勢に向かって旅をして、あちこちで失敗をする話だ。

小萩の家には、その双六《すごろく》があった。振り出しは江戸で伊勢があがりだ。正月の休みに姉のお鶴《つる》と弟の時太郎《ときたろう》、おとうちゃん、おかあちゃん、時には、おじいちゃんやおばあちゃんも加わって家族で遊んだ。

そう言うと、水江はうなずいた。

「小萩さんも、お父様にかわいがられた娘ですよね。そういう気がしました。だから、私の気持ちも分かってくれると思いました」

かわいがられたかなぁ。

小萩は首を傾げた。

時太郎が生まれたとき、おとうちゃんもおじいちゃんも大喜びで、「あっぱれ」とか「でかした」と言った。

じゃあ、小萩のときは何だったのだ。

子供心に不満に思った。

お鶴は美人でなんでもよくできる。弟は大事な跡取りだ。

その間にいる小萩は分が悪い。

体が丈夫で病気もしないし、くよくよする質でもないし、いつも放っておかれていた気がする。

「私の家は鎌倉のずっと外れの方で旅籠《はたご》をしているんです。宿の仕事は女は忙しいけれど、男はお客さんと話をしたり、寄り合いに行ったりで、昼間は割合暇です。だから、私たちともよく遊んでくれました」

もともと、のんきな性格だしという言葉は飲み込んだ。

「それが、かわいがられたって言うのよ」

十五の水江が大人びた調子で言う。

「そうでした……ね」

小萩は肩をすくめた。

日本橋に来て、みんなの迷惑にならず仕事をしているか、少しは菓子を覚えたのかとおとうちゃんもおかあちゃんも、ほかの家族もみんなで心配をしてくれた。

それをかわいがられたと言わなくて、なんと言おう。

「いいご家族なんですね」

そう言って水江はお茶をゆっくりと飲んだ。

「白虎屋を兄が継ぐことになって、みんなよかったって言うんです。父も、これからはゆっくりすればいいって。私もそうしてもらいたいなって思う一方で、やっぱり少し淋しいの」

お別れするときがまた近くなったと思うから。

水江の顔はそう語っていた。

そのときは、必ず来る。

どんなに大事に思っていても、人はいつかいなくなる。

そのことは水江の心のどこかにいつもあり、水江は、人の死を身近に感じながら大人になったのだろう。

「お嫁入りは決まったんですか？」

「まだ、まだよ。おとっつぁんは早く私の嫁入り姿を見たいって言うけれど……。私はもう少し、おとっつぁんの娘でいたい」

短い沈黙が流れた。

「ごめんなさい。湿っぽい話になりました」

水江は笑みを浮かべた。

「いいえ。そんなこと、ないですよ。では、お菓子のご相談をいたしましょう」

小萩は言った。

「母と兄は、紅白饅頭がいいって言っています」

仙台平の袴と米沢お召しの着物と羽織とともに贈るなら、それが順当だ。

「でも、私はもっと楽しいものがいいと思います。おとっつぁんはこんなに楽しくて、面白い人なんですって、おっかさんや兄さんたちに教えてあげたいから」

「そうですか。分かりました。少しお時間をください」

そのとき、須美がお茶のお代わりと水羊羹を持って来た。

「できたての水羊羹です。いかがですか？」

「まあ、うれしい」

水江はとろけそうな目をした。


あんな風に水江に答えたけれど、白虎屋のおかみさんたちの意見ももっともだ。水江の考える楽しいものとはどんなものだろうか。

小萩は白虎屋をたずねてみることにした。

白虎屋は日本橋の通りを少し入ったところにある。白虎屋と染め抜いた藍ののれんと、薬を量る分銅を象《かたど》った看板が目印だ。

まず目につくのは、奥の壁の生薬《きぐすり》を入れた、小さな引き出しがたくさんある百味簞笥《ひゃくみだんす》だ。百味簞笥は三棹《さお》もある。その上には赤漆《あかうるし》を塗った箱がずらりと並んでいる。そこにも薬が入っているのだろう。さらに天井からは麻袋がいくつも吊り下げられ、その脇には乾いた草や木の枝が下がっている。

この小さな引き出し、漆を塗《ぬ》った箱の中身がそれぞれ違うとしたら、種類は百ではきかない。二百、いや、もっとあるだろうか。

それぞれの名前と薬効を覚え、使いこなすのは大変なことだ。

金色の菊の紋のついた黒い衝立《ついたて》の裏には、また部屋があるらしい。戸を開けて手代が出たり入ったりしている。見世の脇には重さを量る棒ばかり、生薬を細かく砕く薬研《やげん》や、粉にする石臼《いしうす》も見える。

主の禄兵衛はすぐに分かった。太い眉と細い目、えらのはった四角い顔で、少々気難しい感じがする。背筋はぴんとのびて、声にもはりがある。

帳場に座って算盤《そろばん》をはじいているのが、長男の国太郎だろうか。肉の厚い立派な体格で貫禄がある。

店先で白髪のお客の相手をしているのが、次男の角太郎か。こちらは父親によく似た太い眉をしている。角太郎はお客の言葉に耳を傾け、紙に何か書きつけると手代に渡す。手代はそれを禄兵衛に見せ、指示を受けると奥の間に姿を消す。

見世は活気があり、お客はひっきりなしにやって来る。見世の者たちはきびきびと動き、お客に対するときはていねいに、じっくりと話をきく。

こういう見世なら、お客は頼りにするだろう。

体に不調があったときは相談しようと思うに違いない。

その中心にいるのは禄兵衛だ。

自分が禄兵衛の子供で、いっしょに見世で働くとしたら……。

小萩は想像してみた。

厳しい先生のようだというのは本当だ。少し怖い。けれど、誇らしい。


牡丹堂に戻ると、井戸端に伊佐がいた。

「白虎屋さんに行って来たのか？　どんな様子だった？」

伊佐がたずねた。

「薬種屋さんの見本のようないいお見世だった。お客さんはたくさんいて賑《にぎ》わいもあるし、見世の人たちもきちんとしてるし、ご主人がしっかり目配りしてて、ここなら安心して頼れるだろうなって」

「じゃあ、主が隠居しても大丈夫だな」

伊佐は当然という顔をした。

「ねぇ、二十一屋が代替わりしたときのこと、覚えている？」

小萩はたずねた。

「覚えているよ。八年前さ。お葉《よう》さんが亡くなって二年後だ」

お葉は徹次の妻で、幹太の母親である。年の暮れ、風邪をこじらせて亡くなった。

徹次は十四で二十一屋に来て、弥兵衛の下で修業をし、やがてお葉といっしょになった男だ。当然、二十一屋を継ぐのは徹次である。

それをきっちりと形にしたのだ。

「その前から少しずつ仕事を引き継いでいたんだ。それまであんや羊羹は最後のところを大旦那が味見する。親方が『どうですか、これでいいですか』ってたずねて、大旦那が判断する。ある日、『もう、俺は何も言わない。お前に任せる』と言ったんだ」

伊佐は遠くを見る目になった。

「たとえば船井屋さんとかが、何かの相談ごとで牡丹堂をたずねるだろ。そうすると、大旦那は『その件なら徹次に聞いてくれ』と答えるようになった。菓子屋仲間の人たちも、そろそろだなっていう風に思うんだ。親方を見るまわりの目も変わってくるし、親方自身も変化する。自分が見世を背負っていくんだという風に思うんだな」

そして、ある日、見世をゆずると宣言した。

お世話になった人を呼んで、披露目の小さな宴《うたげ》を開いた。

「本当にそれからは、見世のことに一切口を出さなくなった。潔いくらい。俺はのんびりしたいんだって言って、朝の大福を包むのにも顔を出さなくなった」

もちろん、請われれば仕事場に立って、自分の技を披露する。

けれど、それも一年に一度か、二度。

将棋に釣りにとのんきに日々を過ごしている。

「何をもらってうれしかったか、大旦那に聞いてみればいいよ」

そうだ。そうしよう。

小萩は笑顔でうなずいた。


弥兵衛とお福の隠居所は室町《むろまち》にある。黒塀に見越しの松、ちょっとした庭のある古いが居心地のよさそうな家だ。もっとも隠居所というと叱られる。別邸というほど立派ではないから、みんなで考えて「離れ」と呼んでいる。

弥兵衛はその離れの縁側に座ってのんびりと釣竿の手入れをしていた。

「これみんな大旦那さんのですか?」

小萩は弥兵衛の脇に並べられた竹の釣竿をながめた。

十寸ほどの長さのものが数本。それをつなげて長い一本の竿にする。長く継いだ竿が五、六本並んでいる。少しずつ違うらしいが、小萩の目にはどれも同じように見える。

「そうだよ。こっちはたなごで、こっちは鮒《ふな》だ。太さも長さも違うだろ」

「はあ」

弥兵衛は一本を手に取って軽くふった。先のほうがしなって揺れた。もう一本を手にして同じようにふる。

「な。こっちは、すこしやわらかくて、こっちは固い。調子が違うんだよ」

つまり、たなごの竿では鮒は釣れないということらしい。

「ほかの魚を釣る竿もあるんですか」

「あるよ。こっちは鮎《あゆ》、鱚《きす》もあるな。それぞれ違うから面白いんだよ」

「はあ」

「なんだよ。それで、なんだ？　聞きたいことがあるのか？」

小萩は白虎屋の娘から菓子を頼まれたことを話した。

「ご主人に家族から差し上げるお菓子なんですが、どういうものが喜ばれるでしょうねえ」

小萩は見世の様子や禄兵衛の人となりを説明した。

「そのご亭主は甘党なのかい？」

「そうらしいですよ。お嬢さんと出かけると、茶店でお饅頭を食べるんですって。お祝いの品としては川上屋さんで立派な着物を誂えているんです。だから、お菓子も紅白饅頭にしようという話が出てます。でも、お嬢さんはもう少し楽しいものにしたいと私のところにいらっしゃいました」

水江は禄兵衛が四十を過ぎてできた娘で、とても仲がよいことを伝えた。

「孫みたいな娘だろ。そりゃあ、かわいいよ。甘やかしたくなるさ。娘が選んだっていやあ、なんだってうれしいよ」

そう言って、弥兵衛はふとまじめな顔になった。

「この年になるとさ、自分の命ってもんを考えるんだよ。元気に見えてもあっちが痛い、こっちが悪いってことになる。ご亭主の隠居は残りの時間を考えてのことなんだろうなぁ。そりゃあ、淋しい気持ちもあるよ。だけど息子には伝えることは伝え、頼もしく育ってくれた。もう、いいと思ったから退《ひ》くんだ。自分が開いた道のその先に行って、大きな広い景色を見てくれるだろう。上出来だよ。あとは、娘の嫁入り姿を見るだけだ」

低く笑った。その顔にしわが増えたことに気がついた。

「大旦那さんが牡丹堂をはじめたのは、たしか四十年前のことですよね」

「三十七年だ。俺が三十の年だ」

弥兵衛は遠くを見る目になった。

船井屋本店で職人をしていた弥兵衛は無理難題をいわれる茶人の要求に応えるため、先代の主人とともに夢中で働いていた。それは苦しいけれど、職人冥利《みょうり》につきるやりがいのあることだった。

その日も、弥兵衛は新しい菓子に取り組んでいた。もう少しで出来上がるという所まで来ているが、うまくいかない。

そんなとき、息子の花太郎《はなたろう》の様子がおかしいとお福から報せがあった。だが、菓子のことで頭がいっぱいの弥兵衛は聞く耳をもたない。菓子を完成させ、家に戻ったときには花太郎の命は消えていた。

四歳だった。

そのことがあって、弥兵衛は船井屋本店をやめた。

毎日、ぼんやりと家で過ごしていた。

「天気のいい日だったんだ。そのとき、ふっと思った。菓子をつくりたいなぁってさ。それまでは菓子のことは考えないようにしていた。小豆を見れば花太郎のことを思いだす。あんを炊く匂いを嗅げば生きているのが嫌になる。なんか、だけど、それでもさ、俺には菓子しかねぇんだって思った」

暗い闇に一条の光が射した瞬間だった。

最初は小豆を炊いてぜんざいをつくった。

お福がおいしいと喜んだ。

その次は、おはぎ。近所に配った。

そんな風にして、少しずつ心と体をならしていった。

その間、お福が煮売り屋で働いて暮らしを立てていた。

「浮世小路に空き見世があるって聞いてきたのは、お福なんだ。それが、今の場所だよ。日本橋の通りから、ちょいと横丁に入ったところで、場所は悪くねぇ。だけどさ、前のそば屋も、その前の小間物屋、前の前の瀬戸物屋も長く続かなくて出ていったってんだよ。大家が長くいてくれるんなら、店賃《たなちん》を安くするというんだけどさ。験《げん》が悪いよ。第一、そんな金どこにあるんだって言ったら、それはなんとかするって答えた」

何とかするというのは、借りるということだ。

自分の体だって、まだ本調子ではない。見世をやっていけるのか、借りた金を返せるのか。

心配すればきりがない。

だが、お福は強気だ。

「その年は俺もお福も年回りがいい。新しいことを始めるなら、今だって言うんだ」

「そうだったんですか？」

「知らねぇよ。あいつは、ときどき、そういう口から出まかせを言うんだ。だけど、まぁ、あいつがそこまで言うから、俺もその言葉を信じることにした。腹をくくったんだよ」

見世の名は「くゎしや」（九、四、八）を足して二十一という洒落で、花太郎が亡くなったのは牡丹の花の季節だったから、花太郎のことを忘れないようにという思いをこめてのれんに牡丹の花を染め抜いた。

二十一屋はお客を集め、やがて娘のお葉が生まれ、徹次と今は見世を出ている鷹一が見習いに入った。徹次とお葉が所帯を持って幹太が生まれ、伊佐が来て、留助が来た。そして、お葉が亡くなり……。うれしいことも、悲しいことも、それぞれの思いを集めて、二十一屋という見世は日々を紡いできた。

「俺は土台をつくった。あの見世をどんな風に育て、どういう花を咲かせるかは徹次や幹太の仕事だ。俺は、それを楽しみにしている」

そう言った弥兵衛はちょいと首を傾げた。

「だけど、なんだな。息子と娘っていうのはちょいと違うな。娘は遠慮なしに厳しいことも言うよなぁ」

「そうですかぁ」

小萩もじつは父を見る目は厳しい。好きだからこそ、こうあってほしいという期待が大きいせいだろうか。

「昔、お葉が俺に言ったんだ。おとっつぁんの菓子はけれん味が強い」

けれん味、つまり、受け狙いの派手な技巧に寄っているというのだ。

「えっ、そんなことを言ったんですか？」

娘でなければ言えない言葉だ。

弥兵衛には「花の王」という菓子がある。華やかに技巧をこらした美しいものだ。正当な姿に飽き足らず、もう一歩工夫を加えて、見ても食べても楽しいものにしたいという気持ちがあるからだ。

「まあ、多少はそういうところもあるんだ。でな、弟子というのは、師匠のいいところも悪いところも引き継ぐ。鷹一は俺のそのけれん味を受け継いだ。あの男の菓子は面白いけれど、ちょいと騒がしいと言いやがった」

「はぁ、まぁ、そうですか。なかなか厳しいです……」

「十七、八だったかなぁ。お葉も生意気盛りだったんだよ」

「なんて答えたんですか？」

「これが俺の菓子だ。けれん味は俺の持ち味だ。もう、直しようがない。鷹一のやつだって、今はあれでいいんだ。年取ればだれだって丸くなる。そうすれば、落ち着くところに落ち着く」

「そういうものですか」

親子というより、対等の職人同士の会話のようだ。

「お葉さんは、職人以上に菓子に詳しかったんですね」

「なんの。年相応だよ。まあ、そこいらの同じ年の奴よりはちっとはましだったけどさ」

いや、それは謙遜というもので、きっとかなりいい腕をしていたに違いない。そして菓子を見る目もあった。日ごろ弥兵衛が感じていたことを、言い当てたに違いない。

「禄兵衛さんが娘に薬種のことを教えなかったのは正しいね。うっかり仕込んだりすると、とんだ目にあう」

弥兵衛は少し自慢気に、そんなことを言った。

小萩は離れを出て、牡丹堂に戻ることにした。

夕方に近くなり、少し暑さもやわらいで、涼しい風が首筋をなでていく。

弥兵衛と話をして、父親の気持ちは、息子と娘に対するのではずいぶん違うものだと気がついた。

　息子には期待する。多くを学び、経験して自分を超えて行ってほしい、一家の主として家族や見世を守っていってほしい。自分の夢を託すこともあるだろう。だから、息子に対して父は厳しい。

　だが、娘には、甘い。

　それは、いずれ嫁となって家を出て行くからだ。

　考えてみれば、父と娘がいっしょに過ごす時間は存外短い。

　緑兵衛にとって水江は掌中の珠《たま》だ。たくさんのかけがえのない思い出があることだろう。大切なその時間を思い出させるような菓子。それが、最愛の娘である水江からの贈り物になるはずだ。

　そのとき、頭に浮かんだのは、『東海道中膝栗毛』のことだ。旅先での話を菓子に仕立てたらどうだろう。

　緑兵衛はあの夜のことを覚えているだろうか。

　もし、忘れてしまっていても、これからはゆっくり、のんびり旅でもして、楽しんでください。そんな思いを伝えることはできる。

　よい考えだ。

水江も喜んでくれるに違いない。

小萩はうれしくなって、走り出した。

小萩が玩具屋で買った『東海道中膝栗毛』の双六をながめていると、伊佐が声をかけてきた。

「双六じゃねぇか。何にするんだ？」

「これ？　白虎屋さんの注文を考えているの。水江さんが子供のころ、夜、怖くて眠れなかったとき、お父さんがこの話をしてくれたんですって」

「弥次さん喜多さんが、江戸から伊勢に行く話だろ。たしか、あちこちで名物菓子を食べるんだよな」

「だけど、安倍川餅《あべかわもち》とか、柏餅《かしわもち》とか、お餅が多いんですよね」

登場するのは宿場や茶店のおやつだから、仕方がないことではあるが。

餅菓子が悪いとはいわないが、祝い菓子で来た人のみやげにもするなら、羊羹とか最中とか、季節の生菓子を加えたいところだ。

「なけりゃあ、適当につくればいいんだよ。鞠子《まりこ》はとろろ飯が名物だから、山芋を使った饅頭とかさ」

幹太が話に加わった。

「そうだな。五つ盛りにするんなら饅頭、羊羹、最中に生菓子にして、有名どころにちなんだものを考えりゃあいい」

「ああ、そうですねぇ。伊勢と小田原は必ず入れたいから、ほかに鞠子を入れて……」

小萩は紙に書きだした。

「東海道といやあ富士だろ。羊羹がいいよなぁ」

留助も話に加わる。

「俺、その話は子供向けの絵双紙で読んだな。大井川《おおいがわ》には橋がないってことを知った」

幹太が言った。

「明日にでも見本をつくって水江さんに見てもらいます」

小萩は紙を広げて、菓子を描いてみた。

求肥《ぎゅうひ》餅にきなこをまぶした安倍川餅、夏空を背景にした万年雪の富士山、小豆粒を散らしたもちもちのういろう、鞠子のとろろ飯にちなんだ饅頭、伊勢の赤福《あかふく》風と五つの菓子を一つの折に詰めて、『東海道中膝栗毛』の双六で包む。

楽しいものになりそうだ。

小萩は思わず口元をほころばせた。

留助が仕事の手を止めて近づいてくると、小萩の絵をのぞきこんだ。

「その菓子はお客さんにも配るんだろ」

「そうですよ。内輪の会だから、いらっしゃるのは親戚とか、ごく親しいお仲間だけだそうですけど」

「いや、それにしてもさ」

留助は少し困った顔になった。

「あんまり、よくないかもしれねえよ」

「え、まずかったですか？　さっきは面白いって言ってくれたじゃないですか」

「まぁ、そうなんだけどさ。よく考えたら元の本には、あんまり子供に聞かせられない話もあるんだ」

低い声でぼそりと言った。

「へぇ」

耳ざとい幹太がこちらに顔を向ける。

「なんたって黄表紙《きびょうし》だからさぁ。大人の読み物だ」

旅の恥はかき捨てと、色っぽい話もあるらしい。

「それじゃあ、だめだよ。まずいよ」

幹太はあっさりと言う。

背筋をしゃんと伸ばし、采配をふるう禄兵衛の姿が頭に浮かんだ。

自分の思いつきに夢中になっていたが、冷静に考えてみると、たしかにあまりふさわしくない。

そもそも、あれは水江と禄兵衛の思い出。

いわば二人だけのひみつ、ともいえることなのだ。

「どうしよう。水江さんには明日お見せしますと言ってしまった」

「少し先にのばしてもらえよ」

幹太があっさりと言う。

「最初は紅白饅頭だったんだろ。それに少し工夫を加えるのはどうだ」

伊佐が提案する。

「そんなの嫌です。だって、せっかく私に注文してくれたんだもの。私らしいものをつくりたい。先にのばしてもらいます」

留助と伊佐と幹太は顔を見合わせて肩をすくめた。

二

水江の菓子と同時に、小萩はお景に頼まれた菓子も進めていた。

名前は西行餅。甘さは控えめ、ほろ苦かったり、かりかりとした食感がある。酒に合って食べやすいもの。手みやげにするから、大福など朝生《あさなま》と呼ばれる菓子はすぐ固くなるので使えない。

求肥餅に何かを加えることを考えた。

たとえば、ほろ苦くてかりかりと歯ざわりのいいくるみや栃《とち》の実、ふきの甘煮など。

伊佐や幹太も加わって、いろいろな材料を合わせてみた。

甘く煮た小豆はもちろん合う。

「そら豆の甘煮はどうだ？ いっそ里芋、南京《なんきん》」

留助が加わる。

気づいたら作業台いっぱいにいろいろな姿の求肥餅がならんだ。

これでは収拾がつかない。

「もう一度、最初に戻ろう」

伊佐が言った。

「つくるのは西行餅。西行といえば……」

幹太が言う。

「桜だ」

全員が叫んだ。

ようやく出来上がった見本を持って、小萩は川上屋景庵をたずねた。

川上屋の見世はにぎやかな表通りに面している。その脇の路地を入って裏手に回る。

見世というより、個人の家のような造りである。

のれんもなく、入り口も小さい。脇に小さな睡蓮鉢《すいれんばち》があって、金魚が泳いでいる。その横に、川上屋景庵という看板があった。

がらがらと戸を開けると、小女が出て来た。

「どなた様でしょうか」

「二十一屋からまいりました。お菓子の見本をお届けしました」

「少々お待ちくださいませ」

なんだか不思議な雰囲気だ。お景のことをよく知っている小萩でも、少しどきどきする。

ぱたぱたと足音がして、お景が顔をのぞかせた。

「あら、小萩ちゃん。うれしいわ」

その顔はいつものお景だ。小萩はほっとした。

通された座敷は小さな庭に面していた。障子を開け放った庭には、楓《かえで》が涼し気な影を落としている。時折、涼しい風が吹き抜けていく。

小萩は少し待たされた。

襖ごしに話し声が聞こえてくるから、お景は隣の部屋でお客に応対しているらしい。

しばらくして、お景がやって来た。

「お待たせ」

この日のお景は黒い着物に、白地に藍色の柄を染めた帯だった。黒といっても独特の深い色で、光の加減でわずかに紫や緑を感じる。

「めずらしい布ですねぇ」

小萩が言うとお景は相好《そうごう》をくずした。

「よく気がついたわねぇ。これはね、もともとは黒なんだけれど、その上に藍と紅と黄を重ねて何度も染めなおしたの。だから、こんなに深い色になるのよ」

贅沢なものだ。小萩は目をしばたたかせた。

「新しいお見世の評判はどうですか？」

「まだ開店二日目だけど、初日から殿方もいらしているのよ」

お景は自信を見せる。

「初日にいらした方には、南蛮渡来の物入れを持ってきて、これに合う着物を一式そろえて欲しいって言われたのよ。私、うれしくて、震えたわ」

小女に銭入れを持ってこさせた。

柿渋色《かきしぶいろ》に染めた革製の物入れだ。金属の留め金がついていて、人の顔をした鳥のような模様がある。太い鎖で帯から下げるらしい。その鎖はところどころに丸い平らな板がはさまっていて、その板にも鳥が描かれている。たしかに不思議な造りである。

「もとは何に使っていたのか分からないけれど、銭入れにちょうどいい大きさでしょ。鎖はもっと長かったんだけれど、帯から下げるように短くしたんですって」

「この銭入れに合わせる着物を仕立てるんですか？」

「そうよ。それで、私が考えたのは、灰茶色の米沢お召しに八丈縞《はちじょうじま》の羽織。帯は銭入れとまったく同じ色に染めさせるの」

お景はまっさらな帯地を取り出した。織り柄が入っている。

「鳳凰《ほうおう》よ。この銭入れは、幸運を運ぶものっていう物語をつくったの」

物語をつくる。

お景は小萩がはじめて聞く言葉を口にする。

「だからぁ、この着物と銭入れを身に着けると、いろいろ良いことが起こるの。そう聞いたら、着物を着るのが楽しみになるでしょ。明るい気持ちでいると、幸運が集まって来るのよ」

そういうことを、お景はどこで学んだのだろう。

あるいは自分で考えたのか。

小萩は目を白黒させる。

「ね、それで、お菓子はどんなものを考えてきたの？」

お景は膝をすすめた。小萩は風呂敷包みをほどき、菓子を見せた。

「西行餅ということで、桜の塩漬けを加えて風味をつけた求肥餅です。小指の先ほどに丸めて、きなこをまぶし、竹の皮にひとつずつ包んであります。別に小さな和三盆《わさんぼん》糖の蜜をつけました。黒文字楊枝《くろもじようじ》も添えます」

さっそくひとつ、口に運ぶ。

「桜の香りとほんのり塩気があるのね。面白いわ。素材はできるだけいいものを使っていただきたいの」

桜の塩漬けは吉野、阿波《あわ》の和三盆、羽二重粉《はぶたえこ》は越後から。竹皮で包み、さらに厚い和紙をかけて、細筆で西行餅と書くことにした。

「お餅ですとあまり日持ちがしないので、別のものも考えました。これは、くるみを和三盆糖ともち米の粉でくるんでいます」

白い丸い球を割ると、くるみが出てくる。

これは幹太が考えた。「餅」というくくりを離れて、歯ざわりのいい粋な男の菓子を考えたのだ。

「真っ白できれいねぇ」

口に含む。

「あら苦いわ」

「くるみですから」

「なるほどね。香ばしくておいしい」

じっと眺めて言った。

「まん丸につくってあるけれど、凸凹がある方が楽しいわ」

「そうですか？」

まん丸にするためにずいぶん苦労したのだ。

「もちろんよ。大きさもばらばらでいいのよ。そのほうが風情があるから」

菓子屋が苦労した点を、あっさり無視する人である。

もうひとつは文旦《ぶんたん》の皮を甘く煮て、べっ甲色の飴をかけている。

これは伊佐が考えた。

「こちらもちょっと苦いです」

「いえいえ。これくらいほろ苦いほうがいいわ。もっと苦くして。飴も焦がすと甘さが消えるでしょ」

それでは、菓子とはいえなくなりそうだ。

小萩の目の端に先ほどの銭入れが見えた。

そうだ。この見世は普通のものなど求めていないのだ。

「包みはこちらです」

中は白い紙だが、外側に黒に金の線が入った紙をかける。

「いいわねぇ。お値段はどれくらい？」

材料がいい上に、包装にも凝っているのでかなり高い。

「分かりました。じゃあ、とりあえず、それぞれ十個ずつお願いね」

お景の判断は早い。

「このお菓子、うちできちんと買いますから、私のところ以外では売らないでね」

念を押された。


見世に戻って仕事場で徹次に報告をした。

「とにかく、お景さんの一言、一言にびっくりです」

「そうだろうなぁ」

徹次がうなずく。

「小萩、勉強になるだろう」

最中にあんを詰めていた留助が口をはさんだ。

「なりますよお。目からうろこ」

「じゃあ、つくるほうは伊佐に頼むな」

徹次が指図する。

「へい」と答えた伊佐は顔をあげた。

「それじゃあ、清吉。ここを片付け……。あれ、清吉はどこ行った？」

あたりを見回している。

「なんだ、また、清吉がいねぇのか。困った奴だなぁ。また、通りを見ているんだろう」

留助が言った。

清吉は手が空くと、表に立って通りを見ていることを、もうみんな知っている。

「私、呼んできます」

小萩は見世を出た。

だが、路地には清吉の姿はない。通りまで出てみたが、見えなかった。

そんなに遠くに行くはずはない。

路地の奥の空き地にいるかもしれない。

近くにいくと、空き地の隅に清吉の姿があった。

声をかけようとして止《や》めた。隣に女がいたからだ。女にしては背が高く、肉付きのいい体つきをしている。鷲《わし》のような大きく曲がった鼻をしていた。

小萩が声をかけなかったのは、二人の様子が不穏だったからだ。

清吉はなにか必死に訴えている。

女は怒っているようだ。

あれが、清吉が心待ちにしていた女なのか。とうとう会えたということか。

本当にそうだろうか。

突然、女が清吉の腕を強くつかんだ。腕をねじりあげる。清吉から悲鳴がもれる。

「清ちゃん、そこにいたのね。伊佐さんが呼んでいるわよ。早く仕事に戻らないと」

小萩が大きな声をあげると、女は手を離し、素早く去って行った。

清吉は赤い顔をして、立っていた。泣いているようだった。

「今の人、だれ？　知っている人？」

小萩はたずねた。

「はじめて会った人です。道をたずねられただけです」

清吉は口をとがらせて必死に言いつのった。

「ねぇ、それ、本当なの？　あの人、すごく怒っていたように見えたけど？」

「ちがいます。そんなこと、ないです。あ、でも……、小萩さん、今のことはみんなに黙っていてください。お願いします。お願いします」

清吉はおいおいと泣き出した。

「分かったから。井戸で顔洗っておいで」

手ぬぐいを渡した。

清吉の後ろ姿を見送って、見世に戻ろうとすると路地の脇からひょいと幹太が出て来た。

「見てたの？」

「途中からな。やっぱりなんか、あるんだな。あいつ、夜、寝床で泣いているの知ってたか？」

　幹太は顔をしかめた。

「そうなの？」

「夜中に便所に行ったら声がするんで、あいつの部屋をのぞいたら布団の中で丸まっていた。『どうした』って聞いたら、なんでもないって言われた。だけどさ……」

　その声が泣いている声だった。

「あいつ、朝、起きられねぇのは夜中、眠れねぇからじゃないのか」

「気がつかなかった」

　小萩はつぶやいた。

　清吉は来たときから比べると、ずいぶんと明るくなった。飯もよく食べるし、おやつにふかし芋を出したりすると、ほんとうにうれしそうに食べる。

　そういうときは年相応の無邪気な顔だ。

「みんなと風呂に行きたがらねぇんだ。風呂が嫌いなのかと思っていたけど、そうじゃない。俺、最初の日に清吉を風呂に連れていっただろ、そのとき、腕にあざがあったんだ。転んだって言ってたけどさ、昨日の朝、清吉が体をふいているのを見たら、今度は別のところにあざがある」

さっきのように腕をつかまれ、ねじりあげられた跡かもしれない。

毎回同じ場所をつかむのだとしたら、相手は暴力に慣れている。

「あいつが俺たちに嘘をついているとしたら、嘘をつかせている人間がいるはずだ」

「あの女、また来るかしら」

「来るんじゃねぇのか。俺はしばらく注意しているから」

幹太は言った。

二、三日が過ぎた。
小萩がお使いから戻ると、お景がいた。

「ねぇ。親方いらっしゃるかしら」

困った顔をしている。

「はい、おりますが、何か」

「この前つくっていただいた『西行餅』のことなんだけどね。あれとそっくりなものが、もう売られているのよ。名前も『貫之餅《つらゆきもち》』

『古今和歌集』を編んだ紀《きの》貫之にちなんでいるのだろう。

「あれぇ」

小萩は声をあげた。

あわてて座敷に案内し、徹次を呼んだ。

「見本でいただいたものを、さっそくお客さんにお出ししたのよ。そうしたら、言われたのよ。『知っているよ。昨日、吉原で食べたよ』って」

「ほら」と渡されたものを取り出した。

似ているどころの騒ぎではない。

まったく同じだ。

求肥餅に桜の塩漬けを練り込んだところ。小指の先ほどにしてきなこをまぶし、和三盆の蜜をかけるところ。奉書の上掛けも、細筆で菓銘を書いたところも。

違うのは名前だけだ。

「ううむ」

さすがの徹次もうなった。

この菓子を知っているのは、牡丹堂と景庵の見世の者だけのはずである。

「吉原というけれど、どこの見世ですか」

小萩がたずねた。

「勝代《かつよ》の見世よ」

やっぱりそうか。小萩の口からため息がもれた。吉原の大島楼の主で、老舗の伊勢松坂《いせまつざか》を乗っ取った女だ。牡丹堂を目の敵にしている。

「申し訳ない」

徹次が謝った。

「いいの。それはいいの。今度のことは牡丹堂さんじゃなくて、おそらくあたしが相手なんだから」

お景はきっと見えない相手をにらんだ。

「男の着物っていう商いは、勝代がやりたかったんだと思うのよ。見世にあがる男たちは自分をよく見せたい。だから、着るものにも金をかける。着物だって、小物だって、凝り出したらきりがないのよ。……でもね、いくらお金を積んでも、粋やお洒落は簡単に手に入らない。年季がいるの。どうしたら思うような自分になれるのか、こっちも本気で相談にのらないとだめなの。そんなこと、勝代のお見世じゃできないわ」

私だからできるのだ。

お景の瞳は勝気な光を見せている。

「この前の銭入れに合わせる着物だって、本当に気にいってもらえるか出来上がるまで分からないのよ。その時は喜んでくれたようでも、本音は違うこともある。周りの人の評判

を聞いて、気持ちが変わることもある。だから、怖いのよ。それでも、このお客さんには
これが絶対に似合う、ふさわしいと信じるから思い切ったことができる。上の人の顔色見
ながらじゃ無理よ」

以前のお景はお客が好むなら、少々似合わなくてもこれが今の流行りだからと売ってい
た。そのことで大おかみの冨江とぶつかったこともある。

だが、今は、お客の立場に立って本当に似合うものを用意したいと考えている。

お景はもうひとつ、大きくなっていた。

「申し訳ないけれど、そんなわけで、また新しいのをお願いできないかしら」

「はい。ありがとうございます。もう一度考えさせていただきます」

小萩は頭を下げた。

「ごめんなさいね。どれもおいしかったんだけれど」

お景はその日、はじめてやさしい声を出した。

三

お景を見送ると、今度は入り口に水江の姿があった。

少し困ったような顔をしている。

「小萩さん、この前のお菓子のことで、ちょっとお話があります」

「はい」

小萩は奥の部屋に案内した。

「母と兄に、少し楽しい菓子にしたいと話をしたんです。『東海道中膝栗毛』の菓子はどうかって」

水江も同じようなことを考えていたのだ。

「そうしたら祝いの席にふさわしくない、父らしくない、ふざけていると叱られました」

「そうですか」

小萩はがっかりしてうつむいた。

「内輪の会といっても、本家のおばあ様たちもいらっしゃるのだから、とっぴなものは困る。紅白饅頭とか、最中とか、そういう普通のものがいいと言われました。見本をつくっていただいてからお断りするのも、申し訳ないので」

「大丈夫です。お母様やお兄様が安心されるようなものをと考えております」

小萩が言うと、水江はほっとしたように笑顔を見せた。

「それは、どんなものなんですか？」

困った。

案はない。

「明日、見本の絵をお持ちするつもりだったのですが……」

それなら、今、少し、話を聞かせてくれ、と水江の顔に書いてある。

「あ、あの……鳳凰」

いや、形が複雑すぎる。それにお景の真似になってしまう。

「蓬萊山《ほうらいさん》です」

不老不死の仙人が住むという清国の伝説の島で、それに由来する二十一屋の蓬萊山は中に五色の小さな饅頭を入れた大きな饅頭だ。

「不老不死の仙人にちなんで長寿のお祝い、別名『子持饅頭』とも呼ばれてお子さんが生まれたとき、開店のときなど、めでたい席で喜ばれます」

「まぁ、それはすてき」

水江の目がかわいらしい三日月形になった。

「それなら、白虎屋さんのみなさんも喜ばれると思います」

「そうね。さっそくおっかさんに言おうかしら」

「あの、明日、見本をお持ちしますから、少々お待ちください」

小萩は言った。

気がついたら、背中に汗をかいていた。


仕事場に行き、徹次に伝えた。

「白虎屋さんの注文のお菓子のことなんですけど」

「決まったか？」

あんを煉っていた徹次は背中を向けたままたずねた。

「蓬莱山にしたいんですが」

「なるほどな。順当なところだな」

「明日、見本の絵を持ってお持ちすることにしました」

「白い薯蕷《じょうよ》饅頭でいいのか。金箔を散らしたり、煉り切りで飾ることもできるぞ」

「そうですね。いくつか描いてみます」

けれど、小萩は山芋を練り込んだ薯蕷饅頭をすすめようと思った。皮はふっくらとして、つややかな照りがあり、堂々として美しい。余分な飾りがない方が禄兵衛にふさわしい気がした。

「よし、分かった」

だ。

　徹次は答えた。

　翌日、蓬莱山の見本の絵を持って伊佐とともに白虎屋に向かった。

「小萩一人じゃ、荷が重いかもしれねぇ。伊佐もついて行ってやれ」と徹次が言ったから
　白虎屋さんで案内を乞うと、奥の部屋に通された。おかみと長男の国太郎、水江の三人が前に並んだ。

　やっぱり伊佐に来てもらってよかった。

　小萩は思った。

　少なくとも、数で圧倒されることはない。

　おかみは髪型も着物も地味にしているが、ふっくらとした若々しい顔立ちで、一方、国太郎はすでに店の主人のような貫禄がある。

　二人が並ぶと親子というより姉と弟のようだ。

　水江はいっそう小さく、幼く見えた。

「娘がいろいろ勝手なことを申したようで申し訳ありませんでした。内々といってもお世話になった方々もお招きするので、あまり略式でないほうがいいかと思いまして」

歯切れよい言葉だった。

「はい。それで、今回は蓬莱山はいかがでしょうか」

巻紙を広げると、蓬莱山を描いた図がいくつか現れた。

「大きさは五寸ほどの丸い饅頭です。切っていただくとこしあんの中に、五つの小さな饅頭が入っています。中は紅、藍、黄、緑、白のあんです。不老長寿の仙人が住むという蓬莱山にちなみ無病息災、その姿から子持饅頭と呼ばれるように出産祈願、商売繁盛の縁起物です」

小萩はすらすらと口上をのべた。

「こちらが、二十一屋の薯蕷饅頭です。お味はこちらでお確かめください」

伊佐が桐箱を差し出す。

女中が一旦奥に運び、やがて銘々皿にのせて持って来た。つやつやと光るふっくらとした饅頭の中は、ていねいにさらした紫がかったこしあんである。

「まぁ。おいしいあんね。皮もしっとりとしている」

おかみは笑顔になった。

「こちらでお願いします。紅白の水引をかけてください」

国太郎が言った。おかみがうなずく。

水江は少し淋しそうに見えた。

店を出ると、伊佐が言った。

「『東海道中膝栗毛』の菓子な、あれ、一つだけ、お嬢さんのためにつくったらどうだ？それぐらいなら、小萩一人でつくれるだろう」

小萩も同じことを考えていた。

水江が禄兵衛に直接手渡すのだ。娘から父への贈り物である。

「そうするわ。お父さんは、なぜ、弥次さん喜多さんなのか気づくかしら」

あの夜のことを、父は記憶しているだろうか。

「覚えているさ。忘れるわけがねぇ。親父さんこそ、娘が大人になるまでは生きていたい、いっしょに過ごしたい。そう思っているはずだよ。そう思わねぇか」

立派な息子が二人もいるのに、なかなか代替わりしなかったのは、隠居して年寄りじみた自分を見せるのが嫌だったのかもしれない。

「そうだよ。いつまでも元気で若々しくて、一家の長として見世を仕切っている自分の姿を娘に覚えておいてほしかったんだ」

「そう思う」

「みんな好きな相手にいいところを見せたいんだ。一生懸命知恵をしぼる」

「えっ」

小萩は伊佐の顔を見た。伊佐には好きな相手がいるのだろうか。それはだれのことだろう。急に胸がどきどきしてきた。

「小萩は違うのか」

伊佐がたずねた。

「うん。そう……」

言いかけて頰が染まった。

——伊佐さんには好きな相手がいるの？　それはだれ？

そんな風に聞けたら、どんなにいいだろう。

だが、聞くのは怖い。

代わりに言った。

「私も同じ。いいところを見せたい。それに毎日、仕事をするのが楽しい」

精一杯の気持ちを伝えたつもり。

伊佐は気づいてくれただろうか。

小萩はちらりと伊佐の顔を見る。でも、その表情からは何も読み取れない。

日は高く、太陽は明るい。

日本橋の通りは相変わらず人でいっぱいだ。

荷物を背負った旅人、天秤棒をかついだ行商人、二本差しの侍に供を連れたお武家の奥方……。その中に、あの女の姿が見えた。女にしては背が高く、鷲のような鼻をしている。

「あの人」

小萩は足を止めた。

「なんだ」

「清ちゃんが会っていた人」

「腕をねじりあげたって女か」

女は急ぎ足で人の波の中を進んで行く。伊佐と小萩は後を追った。

「どこに行くつもりだろうな」

まっすぐ行けば牡丹堂だ。

清吉に会うのだろうか。

女の姿が消えた。角を曲がったらしい。

「あっ」

小萩は小さくつぶやいた。

「この先は……」

表通りに伊勢松坂ののれんが見えた。路地に入れば、仕事場の入り口だ。
女は伊勢松坂の者なのだろうか。
勝代の見世で出していたという貫之餅。
牡丹堂の様子を勝代に教えたのは、清吉だったのか。
やっぱり牡丹堂を裏切っていたのだろうか。
小萩の胸のうちに黒い雲が広がった。

珈琲に合う金色羹《こんじきかん》

一

まだ昼前だというのに、日差しは強い。

「俺は隠居だぞ。なんだって御用聞きに行かなくちゃならねぇんだ」

弥兵衛が額の汗をふきながら言った。

「まぁ、まぁ、大旦那さん。そう言わずに。大旦那さんでないと、先方が納得しないんだからしょうがないじゃないですか。おかみさんも須美さんも、ほかのみんなも頼りにしていますから」

後ろを歩く小萩がなだめるように言う。

西国《さいごく》の大名、山野辺藩からお呼びがかかった。

最初は徹次が行っていたが、職人肌の徹次は口下手のせいか塩梅《あんばい》が悪い。世慣れた弥兵衛の出番となった。

山野辺藩の上屋敷をぐるりと囲む石垣塀に沿って歩いて裏門に回る。門番に用件を伝えて中に入り、女中に用件を伝えて取り次いでもらう。

部屋に通され、待つ。

それが結構長い。

呼んでおいて、何を待たせることがあるのかと思う。

やがて、二人の台所役がやって来る。

年寄りで、やせて鶴のように首が長いのは台所役首座の井上三郎九郎勝重《いのうえさぶろうくろうかつしげ》。もう一人は補佐で四十に手が届くという年頃で猪首《いくび》の男、塚本平蔵頼之《つかもとへいぞうよりゆき》だ。

もう、弥兵衛と小萩は何回も顔を合わせているが相変わらずの渋面である。世の中に面白いことはひとつもないという顔をしている。

「かつふというものがある。知っておるか」

頼之がたずねた。

「いえ、寡聞にして存じません」

弥兵衛が平伏したまま答えた。

「南蛮渡来のとてもめずらしい飲み物である。黒くて苦くてよい香りがしてひじょうに美味だ。近々、わが殿がかつふを召し上がられるので、菓子を一緒にとのご所望である。かつふに合う菓子を用意してもらいたい」

「おそれながら、そのかっふというのはいかなるものでございましょうか」

弥兵衛は重ねてたずねた。

「黒炒豆《くろいりまめ》である」

そう言うと、頼之は黙った。

弥兵衛と小萩は次の言葉を待った。

だが、二人からはそれ以上の言葉はない。

奇妙な沈黙が流れた。

クロイリマメ。

小萩はひそかに口の中で繰り返した。

黒豆茶というものがある。

これは炒《い》った黒豆に湯を加えたものだ。熱湯を加えてしばらくおくと、お茶になる。黒豆茶は香ばしくておいしい。

しかし、かっふとやらは黒くて苦くて美味なのだ。

どういうことだ。

黒豆を強く炒って炭にしたのだろうか。

だが炭になったら苦いだけで、美味ではない。

小萩はひそかに首をひねった。

「黒豆とは違うものでございますね」

弥兵衛が念を押すが、二人は答えない。

「申し訳ありません。美味とおっしゃいましたが、どのように美味なのでございましょう」

さらに問う。

「南蛮人が好んで飲み、比類のない味だそうだ。魔人の飲み物と称されることもある」

頼之が答える。勝重はいつものように沈黙している。

比類がないとか魔人とかではなく、もう少し、分かりやすい説明が欲しい。

「つまり、奥方様もごいっしょということでしょうか」

弥兵衛が粘る。

「そうだ。宴《うたげ》は五日ののちである。持参いたせ」

席を立ってしまった。

仕方なく、二人は上屋敷を辞した。

「黒く炒った豆で苦くて美味で、南蛮人が好む、比類のない味なんて言われたって、どういうものか、さっぱり分からないですよ」

帰り道、小萩は口をとがらせた。

「どうせ、あいつらだって分かっていないんだよ。上から言われたことを、そのまましゃべっているんだ。まったく、面倒なことを押し付ける奴らだ」

弥兵衛はまた憤慨《ふんがい》した。


二十一屋に戻ると、弥兵衛と小萩は仕事場のみんなに伝えた。

「南蛮渡来のかっふという飲み物に合う菓子をつくってほしいという依頼だ。なんでも、黒く炒った豆でつくる飲み物で、黒くて苦くて香りがよくて美味なものだそうだ」

「かっふなんて聞いたこともねぇよ」

留助が口をとがらせた。

「だいたい、南蛮人はなんでわざわざそんな苦《に》げぇものを飲むんだ？」

伊佐が真顔でたずねる。

苦いお茶といえば、薬草である。便秘に効くというセンナや毒消しにいいというドクダミはお茶にして煎じて飲む。

「腹ごなしってことかなぁ」

弥兵衛が首を傾げた。

「つまりね、南蛮人は肉を食べるから、毒消しのために飲むんですよ」

留助が思いつきを口にする。

「薬じゃないですよ。おいしいものらしいですよ。比類ないものだって」

小萩が話を元に戻した。

「だけど、比類ないとか言われると、困るんだよなぁ。とっかかりがないよ」

幹太がつぶやく。

「こんなとき、杉崎様がいらっしゃればねぇ」

話に加わったお福が言った。

「そうだなぁ」

徹次もうなずく。

山野辺藩の留守居役の杉崎なら、かっぷについて何か知っているかもしれない。菓子好きで、二十一屋を贔屓《ひいき》にしてくれているから、有用な助言も得られるに違いない。

しかし、こういう時に限って姿を現さない。

しばらくして、川上屋のお景が来た。

「こんにちは。今日も、暑いわねぇ」

そういうお景は淡い青色の着物に、夏帯をしめた涼し気な装いだ。帯は板締め絞りというのだろうか、白地に濃淡の茶色の縞模様が重なり合うように入っている。

「お客様がいらっしゃるから、お菓子を差し上げようと思って。どんなものがあるかしら」

「それなら、葛桜はいかがですか。さっき出来上がったばっかりで、ぷるぷるです」

小萩は見本の菓子を取り出した。

ていねいにさらしたこしあんを葛で包んで蒸しあげて、冷たい井戸水で冷やしてある。葛は透き通って見るからに涼し気だ。

「おいしそうね。じゃあ、それをお願いするわ」

木箱に詰めながら、小萩はお景の帯に目を留めた。趣《おもむき》のある茶色である。

「きれいな帯ですね」

小萩は言った。

「ふふ。色も柄も面白いでしょ。染物屋が持って来たのよ。かひというもので染めたんですって」

お景は指で空に可否と書いた。

「なんでも、南蛮渡来のめずらしい豆があってね、黒くて苦いお茶になるの。南蛮人はそのお茶が大好きなのよ。これは、その豆で染めたの」

お景が答える。

もしや、「かひ」とは「かっふ」のことではあるまいか？

「お景さん。今、親方を呼びますから、もう少し詳しく、その話を聞かせてください」

お景には座敷にあがってもらい、徹次を呼んだ。

「お景さんの帯を染めたのは、かひという豆ですよね。じつは、あるところからかっふに合う菓子をつくってくれと頼まれましてね。だけど、かっふがどういうものか分からなくて、困っていたんですよ。かひとかっふは同じものではないかと……」

徹次がたずねた。

「そうねぇ。そんな気もするわよねぇ。でも、私も話に聞いただけなのよ。吉原に、かひを特別なお客に飲ませる見世があるらしいの」

炒った黒い豆は粉にひいて煮出す。その黒い汁を熱いうちに飲む。

なるほど黒炒豆だ。

山野辺藩で聞いた話とつながった。

「で、染物屋はそのときに残った粉を使って帯に染めたってわけ」

なんでも無駄にしないのが江戸の町だ。

反物は着物に仕立て、古くなったら古着屋に売り、それを買う人がいて、最後は雑巾になるまでとことん使い切る。

めずらしいかひ、またはかっふの残りかすを、知恵の回る妓楼《ぎろう》の主が捨てるはずはない。

そして同じく機転の利く染物屋が、布に染めるということを思いつく。と、まあ、そういうことであるらしい。


お景が帰ったあと、「吉原かぁ」と徹次はうなった。

吉原と聞けば、勝代の顔が浮かぶ。

もしや山野辺藩は勝代が主を務める伊勢松坂にも注文を出しているのではあるまいか。

まさか、どちらか良い方をとるなどと考えてはいまいか。

嫌な予感がする。

「ともかく、そのかっふとやらを飲んでみないとはじまらないですよね」

小萩が言う。

「ううむ」

徹次はうなり、考えている。

やがて顔をあげて言った。

「よし、分かった。一度春霞さんのところに聞きに行こう。あの人なら、知っているかもしれねぇ」

根岸の里にある白笛の別邸を、春霞の好きな菓子を持って徹次と小萩はたずねた。

広い座敷に座って待っていると、春霞が現れた。

濃い紫の打掛のようなものを着ている。竹林があって風が通るとはいえ、やはり蒸し暑い。だが、顔には汗ひとつ浮いていない。どこかで、花魁《おいらん》は顔に汗をかかないと聞いたが、どうやら本当のことのようである。

「じつは、さるところからかっふに合う菓子をつくって欲しいという注文を受けたんだ。南蛮人が好む、黒いお茶だってことまでは聞いた。だけど、その先が分からねぇ。困っちまった。春霞さんがもしご存知なら、教えていただきたいとやってまいりました」

徹次が頼んだ。

ふんふん、なるほどと、春霞はうなずいた。

「ああ、かひぃのことだね。飲んだことがあるよ。南蛮人の飲み物だろ。可否というのは当て字で、本当は珈琲と書く。名付け親は蘭学者の宇田川榕菴《うだがわようあん》先生だ」

春霞は女中に筆と硯《すずり》を持ってこさせ、紙に文字を書いて教えてくれた。

「珈琲の実は赤くて、小さくてかわいいんだそうだよ。それで榕菴はこの名をつけた。

『珈』は髪に挿す玉かんざし、『琲』はかんざしの玉をつなぐ紐のことだ」

　赤い実の中の種を焙煎《ばいせん》し、石臼で粉にひく。

「いれ方は二通りあって、ひとつは鍋で煮出して上澄みを飲む。もうひとつは布の袋に入れて上から熱い湯をかける。苦いから砂糖を入れてもよい」

「春霞さんは珈琲についてもお詳しいんですね」

　小萩は感心した。

「なに、白笛様の受け売りだよ。白笛様は榕菴先生とも知己である」

　春霞は誇らしげに言った。

　しかし小萩は榕菴という人を知らなかった。

「困ったねぇ。当代随一の学者だった人だよ」と言いながら、春霞はていねいに教えてくれた。

　大垣の生まれで幼少の頃から頭脳明晰《めいせき》。才を認められて蘭学者宇田川某の養子となると、めきめきとその才能を開花させた。漢語、阿蘭陀《おらんだ》語に堪能《たんのう》で、医術はもちろん、草木や鉄、そのほかさまざまなもののなりたちについて学び、調べ、外国の研究を紹介した人らしい。

「とにかく物知りでね、しいぼると先生とも面識があって顕微鏡を贈られているんだ。まぁ、しいぼると先生はその後、あれこれあったから、このことはあまり大声では言いたくないんだけどね。ともかく、榕菴先生は大秀才だった。長く生きていてくれたら、どんなに大きな仕事をしたのか分からない人なんだけど、五年ほど前に亡くなってしまったんだ……」

春霞は悲し気な顔をした。

「榕菴先生は早くから珈琲に注目していてね、弱冠十九歳で珈琲の本を書いたんだ」

十九歳で本を著《しる》す。

さすがに天下の秀才だ。

小萩にも、榕菴先生の大きさが分かってきた。

『哥非乙《い》説』と題された書物には、珈琲の産地や効能が紹介されているという。

「私は先生にいれていただいた珈琲を飲んだことがある。珈琲はね、いれ方が肝心なんだ。上手にいれたら苦さの中に甘さや酸味がある。砂糖を加えると、その味わいが増す。香りをかいだら天にものぼる心地がする。すばらしいものだよ」

春霞はうっとりとした顔になった。その表情から、珈琲がどれほどの美味か伝わってくる。

「なるほどねぇ。ただ苦いだけじゃねぇんだなぁ。その珈琲ってやつは、どっかで手に入らねぇですかねぇ」

徹次がたずねた。

「そうだねぇ、私が持っていたら分けてあげられるけど……」

首を傾げた。

「こっちのものにたとえていうと、どんなものになりますか」

小萩がたずねた。

「ううん。濃茶《こいちゃ》かねぇ。濃茶に砂糖を入れた感じかね。あんなにどろっとはしていないけど、香りがよくて苦いところが似ている」

濃茶は抹茶を少しの湯で練ったものだ。薄茶がさらさらしているならば、濃茶はどろりと粘度がある。その分、香りも味も濃い。

小萩はふるさとでお茶を習っていた。昔、御殿奉公をしたというお婆《ばあ》さんの先生が近所の娘たちに教えるものだ。生徒たちは主人になったり、客人になったりして手前を習う。

小萩は、その先生の元で、一度濃茶を飲んだことがある。

一つの茶碗をみんなで回して飲むのだが、小萩は末席で、茶碗が回ってきたときには、まだたくさん残っていた。

どろりとした緑の液体は、なにやら怪しげでおそろしい。

ほかの娘たちは飲む真似《まね》をして、隣に回したのかもしれない。

だが、残したら先生に叱られる。

小萩は意をけっして茶碗に口をつけた。妙な味が広がった。

うまみが強くて、お茶というより昆布だ。鍋にぎゅうぎゅうに上等の昆布を詰めてだしをとったら、こういう味にならないだろうか。

うぐ、うぐ、うぐと、目を白黒させながら飲んだ。

飲んだ後、いつまでも口の中がねばって気持ちが悪い。唇に濃茶がはりついて、口が開かない。

その晩、小萩は目が冴えて朝まで眠れなかった。

「珈琲を飲むと、夜、眠れなくなりますか」

「よく分かったね。その通りだよ。だからたくさん飲んではだめだ」

そうか。珈琲は濃茶のようなものか。

小萩はがっかりした。

「珈琲には砂糖を入れて飲むわけですね。するってぇと、菓子も甘かったら妙なことになりやすねぇ」

徹次は難しい顔をした。

「そんなことはないよ。南蛮人は食事の後、甘い珈琲を飲みながら、甘い菓子を食べる。

菓子は牛の乳や木の実を使っていて、結構腹にたまるらしい」

「飯の後に、また、そういう腹にたまるものを食べるんですね」

徹次の顔がもう、これ以上ないというほど難しくなった。もう、頭がついていかないのだ。

「そうだ。葡萄酒《ぶどうしゅ》ならあるよ。南蛮人の好む酒だ。飲んでみるかい？　酸っぱくて渋くて甘い」

今度は酸っぱくて渋くて甘いのか。

小女がギヤマンの盃に赤い酒を入れて持って来た。

小萩はそっと匂いを嗅いだ。

不思議な香りがした。

小萩はおそるおそる口に運んだ。のどの奥がぽおっと熱くなった。

思わず顔をしかめた。

「はは、お前さんには梅の汁のほうがいいだろうね。そっちを入れておやり」

小女が新しい盃に金色の汁を注いで小萩に渡した。

甘くて香りが良かった。

小萩はごくりと飲んだ。

「南蛮人はこの酒と珈琲が大好きでね、食事には欠かせない。最近は南蛮人を真似て葡萄酒や珈琲を好む者がいるそうだ。吉原の妓楼では上得意に出しているそうだよ」

「吉原で珈琲を出す見世があるという話は聞いたんですけどね。吉原じゃ、この酒が流行りなんですかい？」

徹次は信じられないという顔をした。徹次も葡萄酒は口に合わなかったようだ。

「織田信長公が葡萄酒を好んだというのは知っているか？　そういう話を聞くと、飲みたがる御仁《ごじん》がいるんだよ。それで、ほかの奴らがすっぱいとか、なんとか言うと、いや、これがうまいんだ、なんで、お前にはこのうまさが分からないのかと、自慢げに説く」

ふふと、春霞は笑った。

「葡萄酒や珈琲は元の値があってないようなものだ。ここにしかないと言えば、いくらでもお客から金がとれる。目ざとい商人は上手に使うんだよ」

徹次の眉がぴくりと動いた。

目ざとい商人とは勝代のことか。

「しかし、それなら、なぜ二十一屋に頼むのかねぇ。伊勢松坂なら珈琲も手に入るだろう。こっちは、珈琲がどんなものかというところから始めなくちゃならねぇ」

徹次はひとりでぶつぶつとつぶやいた。

「頼んだけど、いいものができなかったか。あるいは、両方に頼んで、どっちかいい方をとろうと思ったか。案外、そんなところじゃないのかい？」

春霞はさらりと答える。

やはり、そういうことか。

徹次はさらに難しい顔になった。二人は話に夢中になっている。

その間、小萩は梅の汁を飲んでいた。ぐびりと飲むと、小女がすかさず汁を注ぐ。気づくと三、四杯は飲んでいる。だんだん楽しくなってきた。

小萩は南蛮人というものに会ったことがない。

絵で見る南蛮人は鼻が高く、髪が縮れてもじゃもじゃで濃いひげをはやしていた。赤い顔で目が青いそうだ。

赤い顔は分かる。船に乗って来るから、日に焼けて赤くなるのだ。だが、目が青いとはどういうことだ。黒目のところが青いのか？

「南蛮人は目が青いというのは本当ですか。ひっく」

ふつうにしゃべったつもりだったが、しゃっくりがでた。

小萩はおかしくなって、けらけら笑った。

「やだ、どうしたんだろう。ひっく」

「おい、小萩、お前、顔が真っ赤だぞ。何を飲んでいるんだ。あ、これは酒じゃないか」

徹次が驚いて小萩の手から盃をとりあげた。

「あれ、梅の甘露煮の汁のはずが、梅酒を飲ませちまったねぇ」

春霞が笑った。

それがおかしくて、小萩はまた笑った。体がゆらゆら揺れている。目の前の春霞が楽しそうにしていたことは覚えている……。


目が覚めたら牡丹堂の自分の部屋で寝ていた。部屋は薄暗い。どのくらい眠っていたのだろうか。

起きようとしたら、ずきりと頭が痛んだ。

「小萩さん、目が覚めました？」

須美がそっと襖をあけて、顔をのぞかせた。

「えっと、私は……」

「春霞さんのところでお酒を飲んで酔っ払ったんですよ。徹次さんが背負って帰って来ました」

「そうなんですか……」

大失敗だ。恥ずかしい。

小萩は顔が赤くなるのが分かった。こんどは酒の酔いではない。

「親方は珈琲がどういうものか少し分かったって言ってましたよ。行った甲斐がありましたね」

須美はほほえんだ。

そろそろと階段を下りていくと、煮炊きの匂いがした。夕餉の支度ができているらしい。

仕事場をのぞくと、徹次や伊佐たちが仕事をしていた。

「おう、おはぎ、起きて来たのか」

幹太が目ざとく見つけて声をかけた。

「さっきはすみませんでした」

徹次がちらりとこちらを見た。

黙っている。どうやら怒っているらしい。

言葉が見つからなくてうつむいていたら、留助が大きな声を出した。

「今度、お滝《たき》がいるときに居酒屋に連れて行ってやるよ。南蛮の酒もいいけど、こっちの酒もうまいぞ」

伊佐と幹太が噴き出した。徹次も苦笑いをした。

翌朝、ちょっとした騒ぎがあった。

清吉がおねしょをした。

困って、汚した布団と着物を押入れに隠し、もう一枚ある別の着物を着た。

だが、すぐにばれた。

「なんだよ。おめぇ、臭いぞ。しょんべんたれたか」

幹太が気づいた。

「そのまま仕事場に入るな。井戸で体を洗って来い」

徹次に叱られて棒立ちになった。

顔を真っ赤にし体をぶるぶると震わせている。

小萩が手を引いて井戸に連れて行こうとすると、その手を振りほどいた。突然、大声で叫んだ。

「お願いだから、帰すって言わないでくれ」

突然のことにみんなびっくりした。

最初、何を言っているのか分からなかった。

「口入屋を呼ばないでくれ。おいらをここに、おいてくれ。なんでもするから。なんでもするから」

大粒の涙をぽろぽろとこぼしながら泣いている。しゃくりあげ、地団太《じだんだ》を踏み、ついにはしゃがみこみ、泣いている。

「落ち着けよ。誰も帰すなんて言ってないだろ。お前は牡丹堂で働いているんだ。ここにいていいんだよ」

伊佐が静かな声で言った。

それで、清吉は少し落ち着いた。

「菓子屋だからさ、饅頭に臭いが移ると困るだろ。だから、体を洗って来いって言っているんだ」

諭すように伊佐が言う。

幹太が清吉を井戸端に連れて行った。

小萩は清吉の部屋に行き、押入れから布団と着物を見つけて洗った。

そんなわけで、その日は大福を包むのが、ずいぶん遅くなった。

朝餉の後片づけをしているとき、須美がぽつりと言った。

「清ちゃんはなぜ、おねしょをしたのかしら」

小萩は首を傾げた。

「子供ってね、不安だったり、淋しかったり、ほかにもいろいろ。それで、赤ちゃんに戻っちゃうことがあるのよ」

幹太が以前、清吉は夜、布団の中で泣いていると言っていたことを思い出した。

「清ちゃんが甲府の菓子屋にいたのは嘘なんでしょ。ここに来る前は……、両国だっけ？」

捨て子だったのを引き取られ、両国で育った話は牡丹堂のみんなにも伝えていた。

「そこじゃ、親のない子を育てて、大きくなると奉公に出すんだって」

帰さないでくれと泣いたのは、両国の家のことだろう。

「きっと怖い思いもたくさんしたんでしょうねぇ。あの子が、帰さないでくれって必死になって頼んでいる声を聞いたら、胸が痛くなった。いつになったら、もう、ここの子になったんだから、帰らなくていいんだって、心から安心できるのかしら」

須美は悲し気な顔をした。

ふいに、清吉の腕をねじりあげていた背の高い、鷲のような鼻をした女のことが思い出された。

清吉はまだ、両国の家と完全に切れていないのだ。呼び出され、折檻《せっかん》されている。

なぜなのだ。

それは伊勢松坂と関係があることなのか。

小萩の胸はざわざわとした。

二

しばらくのち、小萩をたずねてお客が来た。

「小萩さんという方はこちらにいらっしゃいますか」

供も連れず、一人でやって来た。気難しそうな顔をして色が黒く、やせてしわが多い。白虎屋の禄兵衛だ。

なにか、届けたお菓子にまずいことがあったのだろうか。

「私ですが」

小萩はおずおずと答えた。

「本日は、お菓子を注文しにうかがいました。先日、娘から還暦の祝いに菓子をもらいました。大変おいしく、心に響くものでした。どこに頼んだのかときいたら、こちらの見世を教えられました」

「あの、東海道名物の……」

禄兵衛は言いかけて口ごもった。

「どうぞ、奥にいらしてください」

小萩は奥の三畳に案内した。

あらためて挨拶を交わす。

もともと、こういう気難しそうな顔なのだろうか。あるいは、ずっとそういう表情をしていたからこうなったのか。

「娘には、これからはゆっくり旅でもしてねと言われたんですよ。お伊勢参りでもしてくれということかと思い、家族と分けておいしく食べた……」

禄兵衛は何か考える風に口をつぐんだ。

「そのまま何日か忘れていたんですよ。ところが、昨日、突然、気がついた。これは、あの弥次さん喜多さんの物語だって」

禄兵衛の口元がわずかにほころんだ。

「娘がまだ幼かったころ、夜遅く、私のところにやって来たんですよ」

――眠れないのかい。

禄兵衛がたずねると、水江は言った。

――どうして人は死ぬの？

——みんないつかは死ぬんだよ。そういう決まりになっているんだ。

上の二人の息子もそんな質問をしたことがあった。

水江も「死」というものを考える年になったのだなと、禄兵衛は思った。

——じゃあ、おとうちゃまも、いつか死んでしまうの?

——そうだねぇ。いつかはそうなるね。今、すぐじゃないけどね。

禄兵衛は書物から目を離さずに答えた。

「そうしたら、水江が私の腕をつかんで、しくしく泣きだしたんです。おとうちゃま、死なないで。大好きだから、ずっと私のそばにいて」

禄兵衛は恥ずかしそうに笑った。

「私はそのときやっと、なぜ、水江がそんな問いをしたのか、気づいたんです。『死』というものが不思議だったのではない。私のことを心配してくれていたのです」

ちょうど須美がお茶と菓子を運んできた。

小萩が勧めると、おいしそうにお茶を飲んだ。

「私は水江のことをかわいがっていたし、水江も私によくなついていました。けれど、そんな風に強く、私を思ってくれているとは考えていなかった。私はまだまだこの子を守らなくてはならない。その責任があるのだと思い知った」

——大丈夫、お前が大きくなるまでは死なないよ。お嫁さんになるまで、孫が生まれるまで、ちゃんと生きている、約束するよ。

「そう言うと、水江はやっと安心した顔になりました」

膝に乗せた水江の体はやわらかく、温かかった。手足も首も少し力を入れたら折れそうに細い。

「これが命なんだ。私は命に向き合う仕事をしているんだ。そのことに改めて気づかされたんです。それまでの私は父から受け継いだ見世を大きくしたいと考えていました。そのためには新しい薬を考えて売り出すのが早道なんです。ちょっとした頭痛、歯痛、腹痛のときに飲む丸薬、しもやけ、あかぎれ、すり傷、水虫に塗る薬。値段もさほど高くない。手軽に買えて、いろいろなものに効く。そういう薬をつくりたいと思っていました」

そこで禄兵衛は小さくため息をついた。

「そういう薬は便利だし、役に立つ。たくさん売れるから、薬種屋にとってもありがたいんです。だけど、もちろん、いいことばかりじゃない。たとえば、重い病気が隠れているのに気づかず、薬でごまかしているうちに病が進行するとかね。私自身、もっと早く気づいて、医者に行くように勧めればよかったと思うことだってあったんですよ」

禄兵衛は苦い顔になった。

「腹が痛いといっても、胃の腑《ふ》か脇腹か、下っ腹が痛いのかで違う。しくしくなのか、きりきりか。いつごろからか、食欲はあるのか、熱はどうかと、くわしく聞くようにしました。その上で生薬を勧めることもあるし、薬は売らずに医者に診てもらうよう伝えたこともあります」

年をとればあちこち痛いのが普通だ。あそこが悪い、ここも悪いと、長々と話をするものもいる。二倍、三倍の手間暇がかかるようになってしまった。

「結局、私は前よりもっと忙しくなった。集めた薬草、薬種はよその見世の何倍もある。その薬効や用法を学ぼうとすると、いくら時間があっても足りない」

白虎屋の百味箪笥が小萩の頭に浮かんだ。そのことをたずねた。

「いやいや、あの百味箪笥に入っているのはほんの一部ですよ。裏にはもっとたくさんある。小さな蔵があって、そこにしまっていますが、ずいぶん珍しいものもあるんですよ。見世の者はあきれています」

禄兵衛は根っからの薬種屋なのだ。薬草の話になると、思わず笑みがこぼれた。

「息子たちにはもっと勉強しろ、客の話を聞けと言い続けた。口やかましい親父になったわけです。けれどね、この前、長男が言ったんですよ。『俺はずっと親父のやり方に不満を持っていた。どうして、あんなに一人のお客に時間をかけるんだ。同じ時間で倍のお客をさばいている見世があるじゃないか。俺の時代になったら、あんな面倒なことをしないで、ぱっぱと薬を売る。そう思っていた』」

ある日、昔から来ている年寄りが言った。

――よその見世でもらう薬は効くことは効いても、後で胃の腑が痛くなったり、吐き気がすることもある。お宅の薬はそれがない。安心して飲める。本当に悪いときは、安請け合いをしないで、自分では手に負えないから医者に行けと言ってくれる。

「『それで俺は親父がなぜ、あそこまで手間をかけているか、分かった。それはすごいことだ』って言ってくれたんですよ。うれしかった。いつから、どうして、そういう考えをするようになったのか、自分でも忘れていた。だけど、あの菓子を見たときに思い出した。そうだ、あの夜、水江が私のところに来たからなんだって」

「今のお話を聞いたら、水江さんは喜ばれますね」

「ええ。だから、今度は私が菓子を水江に贈って、その話をしようと思うんです。お願いできますか」

「もちろんです。どんな菓子がよろしいですか」

「そうだなぁ。この前の蓬萊山もおいしかった。私は饅頭が好きでね、饅頭をつくってください」

「粒あんとこしあんはどちらが」

「粒あん。ぴかぴか光っているようなのがいいですね」

「承りました。虎の焼き印を押した上等のお饅頭をご用意いたしましょう」

小萩は言った。

須美が新しいお茶を持って来た。禄兵衛はおいしそうにお茶を飲んだ。

ふと、思いついてたずねた。

「お客様は珈琲というものをご存知ですか。黒炒豆とも呼ぶそうですが」

「知っていますよ。南蛮渡来の豆でしょう。頭がぼんやりしたときに用います。暑い国のものなので、体の熱をとるともいわれています。体にいいので、南蛮人は日に何度も飲むそうです」

禄兵衛はすらすらと答えた。

小萩は思わず息をのんだ。

「あの、もしや、お手元にお持ちではないですか」

「ありますよ。珈琲豆がどうかしましたか」

禄兵衛がたずねた。

白虎屋から買った珈琲豆は手の平にのるほどの量で、そばが何杯も食べられるくらい高かった。お茶と思えば高価だが、薬なら仕方がない。

「かなり以前に手に入れて壺にしまってありました。香りは少しとんでいるかもしれませんが、味は変わらないと思いますよ」

禄兵衛は説明した。

黒く焙煎してあった。石臼で細かく挽《ひ》いて、さらし布にのせ、上から熱い湯をかけると、香りとともに黒い汁が出た。伊佐がそれを湯飲み茶碗に注いで、みんなに手渡した。

「もう少し濃くした方がいいのかな」

伊佐が首を傾げた。思ったほど濃くはならず、湯飲みの底が薄く透けて見える。

「これでいい。大体のことは分かる」

徹次が答えた。

「香りは悪くないな」

弥兵衛が言った。すでに仕事場の中には異国の香りが漂っている。

小萩はおそるおそる湯飲みに口をつけた。

「あれ。濃茶じゃない」

「なんだよ、濃茶って」

幹太がたずねた。

「だって、春霞さんが濃茶みたいなものだって言ったから」

「そりゃあ、よっぽど濃くいれたんだな」

留助がつぶやく。

苦味といっしょに、ほのかな甘さと酸味が口に広がった。

「砂糖を入れて飲むそうだ」

徹次が砂糖を入れて、匙《さじ》でかきまわした。みんなもそれに倣《なら》う。

「やっぱり、もう少し濃くいれた方がよかったな」と伊佐。

「慣れているやつはいいだろうけど、これ以上苦かったらあたしは飲めないよ」とお福。

「私もです」

須美が賛同して、しばらくみんなは珈琲の味についてにぎやかにしゃべった。

一通りみんなが思いを語ったところで、徹次が本題に戻す。

「問題は、どういう菓子が合うかってことだな」

「ひとつには珈琲を使った菓子っていうのがあるな。珈琲羊羹、珈琲饅頭、珈琲大福」

弥兵衛が呼び水のように提案する。

「それじゃあ、つまんねぇよ。もっと目新しいもんがいいな」

幹太が即座に否定する。

「最中はどうだ？　皮に一工夫する」

伊佐がつぶやく。

「桃山《ももやま》はどうですか？　白あんに卵の黄身を加えてこくを出しているからこの味に合いそうですよ」

小萩が言う。

「それも悪くないな。南蛮の菓子は卵をよく使う。卵を使うという方向で考えてみようじゃないか」

徹次が話をまとめる。

それを機にみんながあれこれと自分の考えを言い出した。

小萩は目で清吉を探した。

清吉はみんなと少し離れて静かに珈琲をなめていた。眉根を寄せた横顔は、悲しいような、苦しいような、妙に大人びた顔つきだった。それは小萩が知っている、幼くて頼りない清吉ではない、どこかの違う子供のように思えた。

「この話は、後でゆっくり、もう少し時間をかけて詰めたいな。親父と留助さんと伊佐兄の四人でさ」

幹太がちらりと清吉を見て言った。

「いや、かまわねぇ。ここで、みんなの意見を聞きたいんだ。ここにいるのは全員、二十一屋の人間だ。そうだろ、清吉。お前はどう思う?」

徹次が清吉にたずねた。

「あ、あの、おいらは……」

「かまわねぇ。お前の思ったことを言ってみろ」

「大福がいい」

勢いよく言った。

「珈琲大福?」

小萩はたずねた。さっき幹太がつまらないと言ったばかりではないか。

「牡丹堂の大福はおいしいです。日本一だ」

清吉は大きな声を出した。

「おお、そりゃあいいな。いい子だ」

弥兵衛がもっと大きな声で清吉をほめた。

珈琲を飲み終わって、井戸端で茶碗や鍋を小萩が洗っていると、幹太がやって来た。

「俺、一度、清吉を連れて両国に行ってみようと思うんだ。清吉がどんなところで育ったのか見てみたい」

「清ちゃんが素直に行くかしら」

「まぁ、無理だろうな。だけど、近くまで行ければどういうところか、大体分かるだろう」

「そうねぇ」

小萩は伊佐の母親が住むという一角をたずねたことがある。細い路地の両側に小さな飲み屋が寄りかかるように連なっていた。

そこがどういう場所か、小萩も気づいた。

午後遅い時間だったが、人気《ひとけ》がなく半分眠ったように静かだった。だが、夕暮れになれば灯りがともり、男たち、女たちが集まって来るのだろう。

「清吉のやつ、いつまで経っても心を開かない。いつかここを追い出されるんじゃないかとびくびくしている。親父はそういう清吉が不憫《ふびん》でならないんだ。だから、さっきも意見を聞いた。お前も牡丹堂の仲間だよと伝えたんだ」

そう言って、幹太はぷいと横を向いた。

清吉のところにやって来ていた女が伊勢松坂に入っていったことは、みんな知っている。

幹太は清吉が自分からそのことを話してくれるのを待つつもりでいた。ところが、いつまでたっても清吉は語らない。

「なんでだ。なんで、あいつは、いつまでもああなんだ？」

幹太は悔しそうに地面を蹴った。

清吉は幹太を慕っている。なにかというと、幹太の後をついて歩く。そういう清吉に幹太は心を配り、仕事を教えていた。

けれど、やっぱり壁がある。

「なんで、あいつ、隠すんだ。嘘はなしだって約束したのに。寝しょんべんするほど苦しいんなら、なんで、この俺に一言相談しねぇんだよ。そういうところが、あいつは他人行儀なんだ。俺はいやだ。許せねぇ」

幹太は口をへの字に曲げた。

「だから、両国なの？」

小萩はたずねた。

「そうだよ。俺はあいつのことをかわいいと思ってる。ちゃんとあいつに向き合いたいんだ。そのためにも両国に行かなくちゃなんねえんだよ」

「分かった。私もいっしょに行く」

小萩はうなずいた。

清吉に両国の見世に買い物があるからついて来るように言った。

「大荷物なんだ。俺とおはぎだけじゃ持てねぇから、お前も手伝え。帰りに、両国の広小路《ひろこうじ》で天ぷら食おうぜ。お前、天ぷら好きだったよな」

幹太が言うと、清吉は目を輝かせた。

両国広小路は、川に沿って見世物、芝居小屋、茶店が連なるにぎやかな一角だ。寿司に天ぷら、そば、団子や餅を売る屋台が並んでいる。

「にぎやかねぇ」

小萩は言った。呉服や乾物などの大店の並ぶ日本橋は商いの町という感じがするが、両国広小路あたりは庶民の遊びの場という雰囲気だ。

「これでも空いているほうです。花火のときは、身動きできないほど人でいっぱいだ」

清吉が得意そうな顔をする。

「そうか。両国は花火で有名だもんな」

幹太が言う。

「だけど、おいらが一番好きなのは相撲です。回向院《えこういん》ってお寺で勧進相撲があるんだ。相撲取りは大きいんです。百貫はある」

「そんなにあるわけねぇよ」

幹太が水を向けると、清吉はのってきた。

「ほんとだってば。おいら、見たんだもん。背が六尺よりもっとあって、腹も太い。手も足もこん棒みたいなんだよ。その手で米俵《こめだわら》を持ち上げたり、荷車をひっぱったりするんだ」

小萩は昔、川崎で相撲を見て来た父親と同じような会話を交わしたことを思い出した。

――体が大きいんだ。目方は俺の何倍もある。百貫はあるよ。

父が言った。

――嘘だあ。

小萩と姉のお鶴は声をそろえた。父は話を面白くするために、少し大げさにいう癖がある。

――なんだ、お前たち、おとうちゃんが嘘を言ったことがあるか。

――だって、そんなに大きな人を見たことないもん。

――ばかだなぁ。お相撲さんってのは、そういうものなんだよ。ご飯をたくさん食べて、すごい稽古をして、強くなるんだ。

――足柄山《あしがらやま》の金太郎みたいに？

お鶴は絵双紙の話をした。

――そうだよ。金太郎みたいに子供のころから体が大きくて、熊と相撲をとるような人が相撲取りになるんだ。

じつは、小萩は日本橋に来てから相撲取りを見たことがある。

弟子を従えて料理屋から出てくるところだった。

天井に頭がつかえるほど背が高く、胴回りは米俵ほどもあった。

おとうちゃんの言葉は本当だった、疑って悪かったとしみじみ思ったものである。

「そうだ。回向院に行ってみようか。両国橋を渡ればすぐだろ」

幹太が思いついたように言うと、清吉は飛び上がりそうな顔になった。

「回向院に行っても、なんにもないです。お相撲は今日じゃないです。つまんないです」

「そうか。行ってもしょうがねぇか。弁天様があっただろ」

一《ひと》ツ目弁天《めべんてん》社とも呼ばれる、江島杉山《えじますぎやま》神社のことだ。

江ノ島弁財天の分霊で杉山検校《けんぎょう》ゆかりの神社で、江ノ島の岩屋を模した岩屋がある。

「ああ、あんなとこ行ってもだめだ」

言下に否定する。

どうやら橋を渡られては困るらしい。

「でも、せっかくここまで来たんだ。回向院にお参りするよ」

幹太が言うと、本当に困った顔をする。小萩は少し清吉がかわいそうになった。

三人で回向院に行き、鼠小僧次郎吉《ねずみこぞうじろきち》の墓を見た。縁日でもないので、人はさほど多くない。清吉は少しほっとした様子になった。

「鼠小僧のお墓の石を削って持ってると、金運がよくなるんだ」

「じゃあ、少し、もらっていくか」

幹太が鼠小僧の墓の石を削りはじめた。小萩はぶらぶらと本堂に向かって歩いた。気づくと、三人はばらばらになっていた。

「わぁ」という甲高い叫び声がして振り向くと、清吉が同じくらいの年の男の子三人に囲まれていた。

「違う。おいらは捨吉《すてきち》なんかじゃねぇ」

清吉の声がする。

「へん。偉くなったもんだなぁ。昔の仲間は知らねぇってか」

「なんだよ。お前、戻って来たのか。そうじゃねぇかと思っていたんだよ。使えねぇからさ」

「いい着物、着てるじゃねぇか」

子供たちは顔も手も汚れ、着物はぺらぺらとした薄い生地で、それが汗で体にはりついている。

「あんたたち、何しているのよ」

小萩は叫んだ。駆け寄って清吉の腕をつかみ、子供たちの輪から引っ張り出そうとした。

「なんだよ、このあま」

「おめぇ、関係ねぇだろ。じゃますんじゃねぇよ」

怒鳴り声とともに、足に鈍い痛みが走った。だれかが足を蹴ったのだ。

「おい。やめろ。だれだ、お前ら」

幹太が怒鳴った。殴る真似をすると、子供たちは、わぁと声をあげて逃げ去った。清吉は顔を真っ赤にして突っ立っていた。

「ばかやろう。お前がそんな風だからやられるんだ。しっかりしろ。嫌なことは嫌だと言え。やられたら、やり返せばいいんだ」

幹太に叱られて、清吉は唇をかみしめた。

「分かったな」

清吉は何度もうなずいた。小萩が手をのばすと、清吉は痛いほど強く、小萩の指をつかんだ。

しばらく歩くと、両国橋が見えてきた。

清吉もだいぶ落ち着いてきた。

「さっきは無理やり回向院に連れて行って悪かったな。あんな風になるとは思わなかったんだ」

幹太が謝った。

「ううん。幹太さんは悪くない。おいらがしっかりしていないのがいけなかった」

清吉は小さな声で答えた。

「そうか。大丈夫だ。お前は強くなれる」

幹太が言った。


両国橋を渡り、神田を抜けて日本橋に戻った。

牡丹堂の近くの神社の石段に三人で並んで座った。

「今度こそ、本当のことを話してくれるな」

幹太がたずねた。

清吉はこくんとうなずいた。

「この前来ていた背の高い女の人は伊勢松坂の人だろ。なんのために来ているんだ？」

幹太の問いに清吉は困ったように目をあげた。

「私は、あの人が伊勢松坂に入って行くのを見たのよ」

小萩が言った。清吉は覚悟を決めたらしい。ぽつりぽつりとしゃべり出した。

「伊勢松坂で働いている人です。名前は杖《つえ》さんっていいます。あの人に、おいらは知っていることを話す。二十一屋でどんな菓子をつくっているのか、誰が来たか、何でもいいんだ。見たことをしゃべるし、菓子の残りが捨てられていたら、それを隠しておいて渡す。そういう約束だ」

「杖さんというのは、清ちゃんが前に話してくれたおっかさんみたいな人?」

「違う。その人じゃねぇ」

「それで、お前は杖って女に、何をしゃべったんだ?」

清吉の目が泳いだ。

「さっき本当のことを話すといっただろ。怒んないから言ってみろ」

幹太はおだやかな声を出した。

「西行餅のことを教えました。それから、くるみの菓子も。甘夏の皮のことも」

小萩はため息をついた。

すぐによく似たものがつくられたのは、そういう訳だったのだ。

「だけど、もう、嫌だって言ったんだ。だって、それは牡丹堂のみんなを裏切ることだから。おいらは牡丹堂のみんなのことが好きになっていたし、ずっとあの見世にいたい。おいらの仕業《しわざ》だって分かったら、おかみさんも、須美さんも。ほかのみんなもがっかりするだろ」

「そうよね。清ちゃんのこと、みんなも好きだから傷つくわ」

小萩が言うと、また清吉の顔が赤くなった。

「ほかの菓子屋にも、お前みたいなやつが入っているのか？」

「分からないです。そんな話は聞いてない。ただ、おいらは両国の家のおかみさんに呼ばれて、二十一屋に行けって言われたんだ」

「なんで、清ちゃんなの」

「おいらは体が小さくて、力が弱いからって。牡丹堂は甘っちょろいから同情してくれるって」

「おかみさんがそう言ったの？」

「ちがう。それを言ったのは口入屋だ」

幹太と小萩は顔を見合わせた。

みんながぐるになっている。そうして、牡丹堂を陥れようとしている。

「さっき、あんたは牡丹堂のみんなを裏切るのは嫌だって言ったわよね。だったら、これからはもう、杖っていう女の人に会わない、うちのことを話さないって約束してくれる？約束できる？」

　小萩の言葉に清吉はうつむいた。

「怖いのね。脅かされているの？」

　小萩の言葉に清吉は小さくうなずいた。

「言うことをきかないと、なぐるって。腕の骨も折るって」

「よし、分かった。清吉。俺の目を見ろ」

　幹太が言った。清吉はおずおずと顔をあげた。

「お前は牡丹堂の人間だ。だから、もう、杖って女の言うことなんか聞かなくていいんだ。会う必要もない。あの女がお前に会いたいって来たら、すぐ俺に言え。俺がいなかったら、伊佐兄でも留助さんでも、親父でもいい。とにかく、見世の男に言うんだ。そしたら追い返してやる。分かったな」

　清吉はまだ少し不安そうな顔をしている。

「俺たちを信じろ。大丈夫だ。嘘はつかない。男と男の約束だ」

　やっと安心した顔になった清吉は、小さく何度もうなずいた。

「よし。天ぷらをまだ食ってなかったな。食って帰ろう」

そう言って幹太は立ち上がった。

清吉と手をつないで歩きながら、小萩は小さな声でたずねた。

「さっきの子たちは、昔、あんたがいた家の子？　あんな風に、いつもなぐられたり、こづかれたりしていたの？」

「うん。あいつらはおいらよりも前からいた。あの家にいる奴は、みんななぐるし、汚い言葉を使うんだ。上の奴がなぐるから、なぐられた奴はもっと年下の弱い奴をなぐる。腹が空いたから、寒かったから、眠いから、理由がなくてもなぐるんだ」

小萩は悲しくなった。

きっとお腹を空かせて、いらいらして、何かに腹を立てているのだ。だから、久しぶりに見た清吉が、少し太って血色もよく、こざっぱりとしているのが悔しかった。だから、いじめたのだ。

「『鴻池の犬』の話を思い出しちゃった」

小萩は言った。

「留助さんが言ってた落語だろ」

幹太が振り返った。

捨て犬がお大尽《だいじん》の家に拾われて、大きな黒犬に育って近所の犬たちの親分格になっている。ある日、やせてみすぼらしい犬が町内にやって来た。その犬は、黒犬の生き別れた兄弟だった。

結末はどうだったのか。

やせ犬はお大尽の家で飼ってもらえたのだろうか。

それとも、黒犬に別れを告げて去って行ったのか。

犬にたとえているけれど、あれは人の世界の話だ。

「でもさ、そこで、おいらは飯を食わしてもらっていた。育ててもらった。感謝しなくちゃ。死んじまったら、もう、なんにもできねぇ。天ぷらも大福も食べらんねぇ。生きているだけで儲《もう》けもんなんだ」

清吉ははっきりとした口調で言った。

小萩はもうひとつ、聞きたいことがあった。

「おっかさんみたいなやさしい人がいたんでしょ。どんな人？」

「一度、やさしくしてもらったことがあった。それだけだ。おいらが勝手におっかさんみたいだって思っているだけなんだよ」

清吉はそれきり黙った。

何か考えているようだった。やがて重い口を開いた。

「もっとずっと小さいころ、冬の寒い日に、おねしょをしたことがあったんだ」

――着るものはどうするんだ。洗っている間、お前は何を着るんだ。布団だって、着物だって一枚しかないいんだよ。

家の人はひどく怒り、清吉を外に連れ出し、裸にして水をかけた。

「冬で、寒くて、水が痛いほど冷たくて、泣かないようにしようと思ったけど、やっぱり泣いちゃったんだ。歯ががたがたいった。家に入れてもらったけど、夏の着物しかなくて、それは薄くて、火の近くには大きい子がいるから、おいらは戸の近くの隙間風が入るところで我慢していた。そうしたら、その人が来た」

――お前さん、そんなところにいたら風邪をひくだろ。こっちにおいで。

女が言った。

火の近くに呼び、家の者に言って着物を用意させた。

「おいらに言ったんだ。『あたしも昔、あんたみたいな暮らしをしていたんだよ。いい着物を着て、うまい飯を食べたかったら読み書き算盤を覚えな』って。それで、その日、おいらだけに、いろはにほへとを教えてくれたんだ。だけど、おいらは頭が悪いからあんまり覚えられなかった。その時は覚えていたけど、すぐ忘れちまった。今、少しずつ須美さんに習っている」

その話は以前も聞いたことがあったような気がした。その時は聞き流したが、今回は少しひっかかるものがあった。

「どんな人だった？」

「男みたいな黒い着物を着て、髪をひっつめて、すごくきれいな人だった」

思い当たる女がいる。

だが、やさしさとは無縁の女だ。

「なんて名前の人？」

「みんなは、勝代様って呼んでた」

小萩は息をのんだ。

勝代か。

まさかという気持ちと、やっぱりという思いが交錯する。

親のない子を育てることを商売とする家。

その女主。

清吉に見せたやさしさは気まぐれか。勝代の中にも人間らしい気持ちが残っていたのか。

「おい。天ぷら食べるんだったな。ほら、そこに屋台が出ているよ。行こうぜ」

幹太が大きな声で小萩と清吉を呼んだ。

三

牡丹堂の裏口に着くと、中から笑い声が聞こえてきた。

戸を開けると、仕事場に鷹一の姿があった。

「よお、久しぶり」

白い歯を見せて幹太と小萩に挨拶をした。

「久しぶりに日本橋に来たから、ちょっと挨拶しようと顔を出したんだ。よかったよ。みんないてさ。しかし、いいなあ、日本橋は。活気があるよ」

徹次と留助、伊佐だけでなく、弥兵衛にお福、須美と全員が集まっている。

「あんた、今は何をしているんだい」

お福がたずねた。

「あいかわらずの渡り職人ですよ。あちこちの見世に行って、しばらく働く。金ができたから、ちょいとこっちに戻って来た」

須美がお茶と大福を持って来た。鷹一は大福を食べて笑顔になった。

「ああ、牡丹堂の味だ。懐かしい。やっぱりうまいな」

「当たり前だ。あのころと、割は変えていねぇよ」

徹次が言った。割とは配合のことだ。

お福が旅の話をねだった。

鷹一は船で大坂《おおさか》まで行くつもりだったが、船の中で桑名《くわな》の菓子屋の主人と知り合った。

「いろいろ教えたら喜んでしばらくうちで遊んでいってくれというから、そこにいた」

鷹一の話は面白い。

船の旅、菓子屋の主人や見世の者たちの様子、にぎやかな町のありさま……。小萩たちは鷹一の話にひきこまれた。

「お前、珈琲を飲んだことがあるか？」

徹次がたずねた。

「珈琲？　ああ、あの黒い豆のお茶か。長崎帰りの医者と仲良くなって飲ませてもらったことがあるよ。なかなかうまいもんだね。珈琲がどうかしたか？」

「あるところから頼まれていてさ、珈琲に合う菓子をつくりたいんだ。知恵を貸してくれないか」

「へえ。珈琲かぁ。面白そうだなぁ」

「そうだろ。お前はそう言うと思った」

徹次が言うと、鷹一はにやりと笑った。

「今考えているのは、卵を使った菓子なんだ。南蛮人ってのは卵をたくさん食べるんだろ。苦くて甘い珈琲に卵が合うんじゃないかと思ってさ」

徹次が答えた。

小萩たちが両国に行っている間に話はそっちの方向に進んでいたらしい。

「いいのがあるよ。卵の黄身を蜜で煮た菓子で、ヒオスデオーボス。鶏卵そうめんと呼ぶ人もいる。とびっきり甘くて卵の味も濃い。珈琲に合うんじゃねぇか」

「どうやってつくるんだ」

「砂糖蜜をグラグラ煮立てて、そこに溶いた卵の黄身を少しずつ流し入れる。固まったらすくいあげる」

「つくってみたいよ」

伊佐が言った。

「材料は卵の黄身と砂糖蜜だけか」

弥兵衛がたずねた。

「そうだ。南蛮菓子ってのも、案外単純なんだ」

留助がちらりと清吉を見た。

「大丈夫だ。清吉は勝代たちとは手を切るんだ。こっちの話を伊勢松坂に伝えたりはしないよ。約束したんだ」

幹太がきっぱりと言った。

勝代の名前が出て、鷹一の眉があがった。清吉の顔をぐいとにらんでたずねた。

「お前、新入りだな。伊勢松坂の間者《かんじゃ》か。こっちを探れと言われて来たのか？」

「いえ。あの……。違います」

清吉はしどろもどろになった。

「よし、分かった。ここで聞いた話を向こうにするんじゃないぞ。破ったら、ただじゃおかねぇぞ」

強い目でにらんだ。

清吉は何度もうなずいた。それを見とどけて、鷹一はにやりと笑った。

「俺はしばらくの間だったけど、勝代といっしょに仕事をした。だから、あの女が何を考えているのか、少し分かるつもりだ。とにかく頭のいい女だ。ただし、なんでも金に結び付ける。人の思いつかないようなことを考えつくし、やりぬく度胸も胆力もある。だから、こんな頼りねえ間者を送り込むなんてことはしねぇ。やるならばもっと首尾《しゅび》よくやる」

「そうかもしれんなぁ」

弥兵衛がしみじみとした言い方をした。

「勝代のまわりにいる連中は、勝代の顔色ばかり見ている。お払い箱になるのが怖いんだな。だから手っ取り早く答えがほしいんだ」

小萩は杖という女のことを思い出していた。

口入屋に因果を含め、清吉を送り込んだ。たいした手間だ。そんなことをするより、自分たちで考えればよかったのに、それができないということか。

「勝代は俺を面白がった。いろいろ意見を聞かれたよ。それは俺が勝代におもねらず、思ったことを言ったからだ。あの女のまわりにはそういう奴がいねぇんだよ。気の毒になぁ。なんでも自分一人で決めるんだから」

少し皮肉な調子で言った。

勝代は本業の妓楼のほかに、いくつも見世を持っていて、それぞれ番頭たちに任せている。番頭に据えるときには金をちらつかせるが、役に立たなければ、すぐにほかの者と首を挿《す》げ替える。番頭にしてみたら、いつも不安だ。うかうかしていると下の者にとって代わられる。手柄は自分のもの、失敗すれば下のせい。仕事ができる者は欲しいが、自分の地位を脅《おびや》かすようになったら追い出す算段をはじめる。

「結局、残るのは勝代の顔色をうかがう者ばかりなんだよ。勝代に意見をするなんてもってのほか。あの女はいつも一人だ。まあ、金があればそれで満足なんだろうけどな」

鷹一は小さく笑った。

「よし。その鶏卵そうめんとやらをつくってみるか」

徹次が立ち上がった。

鍋に水を入れ、何杯も砂糖を入れた。火にかけて、混ぜながら溶かしていく。ふうっと音をたて、白い細かな泡とともに砂糖蜜は沸騰し、濃度を増していった。

徹次は卵黄を溶き、菜箸に伝わせて鍋に落とした。

細い糸となって卵液は鍋に落ちると、くるくると細かくねじれて固まった。

網ですくいあげ、汁気をきる。

小さな塊を徹次が口に入れる。

「どうだ？」

「悪くねぇ。甘くて苦い珈琲に合いそうだ」

小さな塊に、みんなも次々手を伸ばし、口に運ぶ。

「なんだよ。すげえ、甘いよ」

幹太が叫んだ。

「砂糖の塊よりもっと甘い」

小萩もつぶやいた。卵のこくが加わった濃厚な甘さに驚いた。

「この甘さがいい。無難なところにおさめようとすると失敗する。不思議な南蛮の飲み物と合わせるんだ、ありきたりのものじゃだめだ」

徹次がきっぱりと言い切った。

「そうだな、そこまで腹をくれるんなら。これでいってみたらいい」

弥兵衛がうなずく。

「さすが親方だ。そうこなくっちゃ」

鷹一がにやりと笑う。

方向が決まったところで、もう一度、鶏卵そうめんをながめた。

「もう少し、そうめんらしくならないかしら」

小萩は言った。

「もしゃもしゃをなんとかしたいな。やっぱり、そうめんなら束になっていねぇとな」と弥兵衛。

「温かいうちなら形を整えられるよ」と鷹一。

「もっと細くしたいな」と伊佐。

「吸い口は？」と小萩。

「水やりじょうろなら、一度にたくさん出せる」と幹太。

みんなが知恵を出し合った。結局、粉をふるうときに使う、小さな穴の空いた瀬戸物が使いやすいというところに落ち着いた。

「よし、こっちはだいたい流れができた。あとは、入れ物だな。小萩は須美さんと入れ物を考えてくれ。桐箱じゃ当たり前すぎる。卵の黄色が映えるようなやつがいい」

徹次が言った。


小萩は須美に相談した。

「卵が黄色いから、色映《うつ》りを考えると白い器なんですけど……」

白が合うのは分かっている。

けれど、親方がありきたりのものにしたくないと言っているのだ。普段は使わないような器を選んでみたい。

それなら、どんなものがといわれると、困ってしまうのだが。

「分かるわ。じゃあ、少し考え方を変えてみましょうよ。珈琲を飲んだとき、どんな風に思った？」

須美がたずねた。

「ええっと」

小萩は首を傾げた。おいしいというより、不思議な味だと思った。

「私は頭の中に海の景色が浮かんだわ」

須美に言われて小萩はなにかが腹に落ちた気がした。

珈琲の魅力とは、はるかな国への憧れなのだ。

海の向こうの不思議な服装の男たち、女たち。

奇妙な形の果物、強い匂いの食べ物。

見たこともない景色。

そこで出会う、めずらしい体験。

人は珈琲を飲みながら、しばし異国へ思いをはせるのだ。

「ならば、瀬戸物にこだわらなくてもいいわよね」

須美は言った。

まず二人で阿蘭陀や清国から来た品物を扱う唐物屋に出かけた。入り口には清国や朝鮮の家具があり、壁には虎の皮の敷物がかけられ、その脇には真っ白な象牙がおかれて、奥の棚には七宝やギヤマンの壺が並んでいる。

「なにか、お探しですか？」

おかみが出て来てたずねた。

「お菓子を入れたいのですが、南蛮の器はありますか?」

須美がたずねた。

「はい、もちろん」

脚のついた緑色の器を持って来た。少し違うような気がする。

「蓋付きのものもありますよ」

赤と白のギヤマンの器を見せた。深さもあるし、大きさもたっぷりだ。

「お値段はおいくらですか」

小萩はたずねた。おかみが告げたのは、小萩の思っていた額の三倍くらいの値だった。

思わず小さくため息をついた。

「舶来の一点ものですから。この大きさですと、どちらに行かれても、これくらいの値になりますよ」

おかみは言った。

「少し考えて、また来ます」

小萩と須美は見世を出た。

「もう少し、お値ごろのお見世に行ってみましょうか」

須美が元気づけるように言った。

いくらなんでも舶来の品物は手が出ない。

「そうだ。神田の方に新しくできた瀬戸物屋さんがあったわ」

小萩は思い出した。千草屋に行く途中にあって、小萩は気になっていたのだ。

「若いご主人がいるところでしょ。行ってみましょうよ」

須美は笑みを浮かべた。

間口の狭い、小さな瀬戸物屋で入り口のところには、小皿や湯飲み茶碗など普段使いのものが並んでいる。だが、奥の方には大皿や蓋物が見える。

「菓子を入れる蓋物か鉢をさがしているのですが」

小萩はたずねた。

「菓子鉢ねぇ」

若い店主はいくつか持って来た。

青磁《せいじ》。白地につゆ草。黄瀬戸《きせと》。織部《おりべ》。

どれも悪くはないけれど、無難と言えば無難。月並みといえば月並みだ。

「ねえ、小萩さん、あれは……」

須美が指さしたのは、銀色の鉢だ。

「ああ、あれか？　知り合いが焼いているんだ。ちょっと面白いだろう。銀彩っていってね、銀箔を重ねているんだよ」

大きさは十二寸ほど。深さはさほどない。全体に銀箔を貼ってある。鶏卵そうめんをのせたら映えることだろう。しかも蓋までついている。

「おいくらですか？」

小萩はたずねた。

「うん。結構長いこと見世にあったからね、安くしとくよ」

店主は言った。

小萩と須美は顔を見合わせて笑顔になった。

牡丹堂に戻って器を見せると、徹次たちも気にいってくれた。

「じゃあ、洗ってきますから」

小萩は器を持って井戸端に向かった。夏のことで戸は開いている。清吉が鍋を洗っているのが見えた。

ひゅい。

口笛が聞こえたような気がした。

その途端、清吉の表情が変わった。鍋をおいて、ふらふらと立ち上がり、何かに引きずられるように一歩踏み出した。

いけない。これが合図だ。

小萩は器をおいて外に出ると、清吉の腕をつかんだ。

「あんた、どこに行くの」

清吉はぼんやりとした目を小萩に向けた。

「しっかりして。今の口笛はなに？　空き地に行くの？　杖って女が待っているの？」

小萩は清吉の体を揺すった。

「いや、そうじゃなくて。あの……」

清吉は口の中でなにか、もぞもぞと言う。

ひゅい、ひゅい。

鋭い音に変わった。

その途端、清吉はびくりと体を固くした。小萩の腕を振り払って走りだそうとする。小萩は清吉の袖をつかんだ。

「だめよ。行っちゃ。幹太さん。早く来て。清ちゃんが出て行く」

清吉は異様な目をしている。

両手を振り回し、口の中でつぶやいている。

「行かなくちゃ。行かなくちゃ。大変だ。行かなくちゃ、怒られる」

小萩は清吉を抱き留めた。清吉は小萩の腕から逃れようと、めちゃくちゃに体を動かす。

「行ったらだめ。行かないって約束したでしょ。幹太さん、伊佐さん。清ちゃんが。清ちゃんが」

小萩は叫んだ。

「おい、清吉、どうしたんだ」

幹太と伊佐が出て来てた。

清吉は暴れ、小萩もろとも地面に倒れた。

「行かなくちゃ、行かなくちゃ。大変だ。行かなくちゃ」

小萩の腕から逃れ、走り出そうとした清吉を幹太が捕まえた。しっかりと腕に抱くと、耳元でつぶやいた。

「しっかりしろ。清吉。さっき話しただろ。お前はもう、牡丹堂の人間なんだ。よその人の言うことなんか聞かなくていいんだよ。大丈夫だ。俺たちが守ってやるから」

繰り返し、何度もささやく幹太の声は、ようやく清吉にも届いたようだ。

しばらくするとおとなしくなり、ぽろぽろと大粒の涙を流した。

「怖かったな。いいんだよ。泣いていいんだ。もう、呼ばれても行くな。行かなくていいんだ」

幹太が言った。

仕事場に戻ると、徹次も鷹一もいなかった。しばらくして二人は戻って来た。

「そっちはすんだか。こっちもすんだぞ。空き地に行って女と話をつけてきた。お前がだれだか、分かっているぞ。もう手出しはするなって言ったからな」

徹次が言った。

「ぼうず、かわいそうにな。繰り返し、脅かされると、考える前に体が動くようになっちまうんだよな。だけど、もう大丈夫だ。ここの親方は強いんだ」

鷹一が清吉に声をかけた。

約束の日の朝、鶏卵そうめんができあがった。

瀬戸物の粉ふるいで砂糖蜜に流し、すばやく取り出してまっすぐに伸ばす。そうめんに見立てて食べやすいよう束ねてから煉り切りで結び、一寸ほどの長さに切った。

それを小萩と須美で選んだ銀彩の器に並べ、通《かよ》い函《ばこ》にしまった。

弥兵衛と小萩で山野辺藩に運んだ。

通された部屋にはすでに伊勢松坂の当主である勝代と見たことのない男がいた。どうやら新しい番頭らしい。

勝代がいるところを見ると、やはり競い合いだったのか。

それならそうと、最初から言ってくれればいいのに。

勝代は知っていたのだろうか。知らないのは、二十一屋だけなのだろうか。

小萩は納得できない気持ちで座っていた。

台所役の勝重と頼之の二人が現れた。

一通りの挨拶をすませると、頼之が言った。

「では、二十一屋の方から先に菓子を見せてもらおう」

「こちらでございます。菓銘は『金色羹《こんじきかん》』と名付けました」

平伏した弥兵衛が伝える。

「ほう。めでたい菓銘だ」

頼之が言う。

「南蛮渡来の珈琲に合わせ、卵黄を使った菓子を調製いたしました。かの国でも好まれるという菓子を二十一屋ならではの技法でつくりあげたものでございます」

弥兵衛は口上をのべる。

蓋を開けた途端、二人の台所役が息をのんだのが分かった。

思った以上のできだったのだろうか。

勝代が脇にいる番頭をぎろりとにらみつけ、番頭の顔が蒼白になった。

「伊勢松坂はどうであるか？」

頼之の問いに勝代が答えた。

「珈琲は体によい飲み物と聞いております。主君のますますの健康長寿とご繁栄を願って、『常盤胡桃《ときわくるみ》』と『橘飴《たちばなあめ》』をご用意させていただきました」

豪華な蒔絵《まきえ》の箱を開けると、中には金箔を散らした和三盆の丸い菓子が見えた。おそらく中に胡桃が入っているのだろう。もう一つは橙《だいだい》の皮の甘煮の飴がけである。

伊勢松坂らしい品の良い姿である。

だが、牡丹堂で考えた菓子ではないか。

小萩は心の中で舌打ちした。

翌日、山野辺藩から言付《ことづ》けがあった。藩主は菓子をたいそう喜び、今後も所望したいということだった。奥の方々は珈琲を堪能したらしい。

どこからか、伊勢松坂の菓子の評判も聞こえてきた。悪くはないということだった。

牡丹堂で考えたものなのだ。

格別に褒められたら悔しいが、悪くはないと言われるのも残念だ。

小萩は複雑な気持ちである。

夕暮れ、裏庭に徹次と鷹一の姿があった。

「結局、伊勢松坂は最後まで自分たちの菓子がつくれなくて、二十一屋をそっくり真似したわけだろ。その話を聞いたとき、俺はなんだか悲しくなっちまった。何で、そんな無様なことになったんだよ」

鷹一が隣の徹次に語りかけた。

「そうだな。新しい菓子をどんどんつくっていた時代もあったのにな。そういう職人はもう、あらかたいなくなっちまったんだろうな」

徹次が答えた。

しばらく二人はだまった。

当主、松兵衛《まつべえ》は相場に夢中になって勝代に見世を乗っ取られた。松兵衛は家族ともども行方知れずだ。腕のいい職人頭の由助《よしすけ》も去った。

「松兵衛のじいさんのこと、嫌いじゃなかったよ。駄目なところもいっぱいあったけれど、菓子のことをよく知っていた。さすが日本橋の菓子屋五代目だった」

徹次が言った。

「俺は十代のころ、伊勢松坂の菓子に憧れていた。角がぴしっと決まって、色がきれいでさ。かっこがいいんだよ」

鷹一が遠くを見る目になる。

「あの見世の色を出したいと、あれこれやってみたけど、やっぱりちょっと違うんだ。あの色を出せるのは、松兵衛さんと職人頭の由助だけだったそうだよ」

「俺も試した。幹太も同じことをやっていた」

徹次が笑う。

二人がいたら、いや、どちらかがいたら、きっと面白いものができただろう。いい勝負になったはずだ。

「もう一品つくれと言われたら、焼き饅頭にするな。皮のほうは卵でも入れて南蛮風にする。珈琲を練り込むのはあんだけだ。徹さんだったらどうする？」

鷹一がたずねた。

「そうだな。俺は羊羹だ。黒糖に干し棗《なつめ》か干し無花果《いちじく》を甘く煮て散らす」

「なんだ、ちゃんと腹案があったんじゃねぇか。俺は余計なことを言ったか？」

鷹一が真顔でたずねた。

「いや。面白かった。勉強になった」

「そうか。それならよかった」

そう言って鷹一は立ち上がった。

「もう、行くのか？」

「ああ。約束しているところがあるんだ」

「また、いつでも来いよ」

「ありがとな」

鷹一は来た時と同じように、みんなには何も告げずに去って行った。

仕事場では伊佐と幹太が新しい菓子に取り組んでいた。

「南蛮菓子っていうのは面白いな。最初は甘くてどうしようもないと思ったけど、食べなれるとうまい」

「鶏卵そうめんじゃなくてさ、うどんくらいの太さにしたらどうなんだろうな」

「やってみるか。だけど、白身ばっかり余るのは、なんとかしねぇとな」

伊佐と幹太は手を動かしながら、しゃべっている。

「おはぎは何をつくっているんだ」

幹太がたずねた。

「葡萄酒に合う菓子よ。できたら春霞さんのところに持って行くの」

「今度は酔っぱらうなよ」

伊佐がからかう。

「失礼ね。大丈夫よ。もう飲みません」

小萩は頬をふくらませた。

留助は清吉に粉の量り方を教えている。

「おお。よし、いいぞ。お前、飲み込みが早いな」

ほめられて清吉は頬を染めた。

清吉はあの日以来、少し変わった。明るくなってよくしゃべる。早く仕事を覚えて、みんなの役に立ちたいのだそうだ。

勝代のことは一言も口にしない。

やさしいおっかさんのような人の正体は、みんなが恐れる吉原の妓楼の女主だった。そのことは、清吉の中で、きちんと折り合いがついたのだろうか。

台所からは須美の煮物の香りが流れてきた。

今日はお福も弥兵衛もここで夕餉を食べていくだろう。にぎやかな夜になりそうだ。

光文社文庫

文庫書下ろし
はじまりの空《そら》　日本橋牡丹堂《にほんばしぼたんどう》 菓子《かし》ばなし㈥
著者　中《なか》 島《しま》 久《ひさ》 枝《え》

2020年7月20日　初版1刷発行

発行者　鈴木広和
印刷　豊国印刷
製本　ナショナル製本

発行所　株式会社 光文社
〒112-8011　東京都文京区音羽1-16-6
電話（03）5395-8149　編集部
8116　書籍販売部
8125　業務部

ISBN978-4-334-79047-9　Printed in Japan

組版　萩原印刷